長編時代小説

烏《からす》金《がね》

西條奈加

光 文 社

からすがね

目次

一

玄関先で、お吟《ぎん》が立ち止まった。白髪頭をかたむけて、道端の辛夷《こぶし》をちらと見る。気に入らぬように顔をしかめ、それからさっさと木戸門を出た。気に障ったのは、生垣越しに枝を伸ばした辛夷ではなく、その上にいる一羽の烏《からす》のようだ。

小さなその背が路地を折れ、濃鼠《こいねず》の着物が見えなくなったところで、おれは足を踏み出した。小名木川《おなぎがわ》にかかる高橋《たかばし》を渡り、霊巌寺《れいがんじ》の脇を過ぎ、仙台堀の川っ縁を右に曲がるまで、つかず離れず後を追った。腰はわずかに折れちゃいるが、足は結構早い。

用心はしているものの、見つかる心配はまずない。朝のお出張りのときは、お吟は周りのものさえ碌《ろく》に見ちゃいない。顔見知りの振り売りの挨拶にも、ぞんざいな生返事を唸《うな》るだけだ。おそらく頭ん中じゃ目まぐるしく、今日これからの算段をしてるんだろう。この町の誰それから何十文、あの長屋の誰それからは何百文。白髪頭の内側じゃあ、銭の小山が築かれて、ちゃりんちゃりんと音をさせている。金の亡者《もうじゃ》とは、あの婆さんのことだ。

だがそれは、おれも同じだ。頭の中は、まだ見ぬ金で唸ってる。しかも婆さんみたくけちな文銭じゃあねえ。小山の色は、紛《まご》うかたなき山吹色だ。

向かった先は、仙台堀に面した伊勢崎町の長屋だった。婆さんはここに、もう四日も通い詰めている。五軒並びの裏店《うらだな》の、真ん中の戸口に来ると、折れた腰がわずかに伸びた。

「お早うございます、佐野《さの》の旦那。三軒町《さんげんちょう》のお吟でございますよ！」

遠慮会釈《えんりょえしゃく》のない訛声《だみごえ》が、長屋中に響きわたる。

「佐野の旦那！　二朱と三十文、今日こそ耳をそろえて返すってえお約束でしたよね！」

井戸端に洗濯物を持ち出していた女たちが迷惑そうに眉《まゆ》をひそめ、目顔でこそこそささやき合った。辺りの戸口から興を惹かれたらしい子供の頭が二、三出てきたが、肝心の入口障子は、まるで開かずの鉄扉のように、ぴたりと閉じられたままだった。

「だんまりを決め込もうったって、そうはいきませんよ！　期日は五日も過ぎちまってる。さっさと返してもらわにゃ、こちとらおまんまの食いあげだ。ええ、旦那。旦那のような歴《れっき》としたお侍が、この哀れな老婆を飢え死にさせるおつもりですかい」

思わず顔がにやついた。哀れな老婆がきいて呆《あき》れる。あの糞婆《くそばば》あは、たとえ棺桶に詰められたって自力で這《は》い出てくるに違いねえ。

「貸した金を返さないってのは、こいつは騙《かた》りでございますよ。相手は年寄とみくびって、最初っから金を騙《だま》しとろうってえ魂胆だったんですかいっ」

「言うにこと欠いて騙りとは、なんたる無礼っ！」

戸障子が外れそうな勢いで開き、肩を怒らせた男が婆さんの前に立ち塞《ふさ》がった。

「だいたい返す金高が日ごとに上がるとはどういうことだ！　わしを謀《たばか》っているのは、おまえのほうだ！」

のび放題の月代《さかやき》に着古しの袴《はかま》は、絵に描いたような貧乏浪人だが、厚みのある図体に髭《ひげ》面《づら》はそれなりに凄味がある。だが婆さんは平気なもんだ。

「なに言ってんです。期日が過ぎれば、それだけ利息が増えるのは当り前ですよ」

「利息は最初にさっ引かれたはずだっ。二朱の証文に、利息と称して一朱と三百文しか寄越さなかったではないか」

「その百文は、ひと月貸しの利息でございますよ。期日が五日過ぎりゃ五日分の利息をいただくのは、あたしらの真っ当な商売でね」

「たった五日で三十文だと。それでは最初の利息より高利ではないか」

婆さんは手にしていた証文を広げ、浪人の眼前につき出した。

「目ん玉ひん剝《む》いて、よっく見てくださいな。期日までに払えぬときは、一日につき六文と、ちゃんと書いてある。もともとこっちは日銭《ひぜに》貸しだ。本当なら一日八文いただいても罰は当たらないんですよ」

御上は金一両を銭四千文と定めているが、いまじゃ六千四、五百文が相場だ。一両は四分、一分は四朱だから、一朱はだいたい四百文くらいだ。この浪人は二朱、つまり八百文ほどを借りて、百文の利息を取られているということだ。

「二朱さえ用立てられないとは、侍も地に落ちたもんさね」

心底呆れたような呟《つぶや》きに、浪人はぎろりと目を剝いた。

「……相手は年寄と堪《こら》えておったが、その侮言きき捨てならん」

脅しのつもりか、わざわざ腰に携えてきた刀を浪人は握りしめた。

「おや、そいつであたしを斬ろうっておつもりですかい」

婆さんはまるで怯《ひる》まない。逆に血相を変えたのは、それまで息をこらして成り行きを見守っていた長屋の者たちだ。いつの間にやら騒ぎに釣られて、見物人は十人ばかりに増えている。中の一人が、あわてて割って入った。

「佐野の旦那、どうかお鎮《しず》まりを。この婆さんの口が悪いのは、昨日今日に始まったことじゃありません」

「余計な邪魔はしないでおくれ、差配さん。それともなにかい、あんたが金を払ってくれるとでも言うんですかい」

「……そいつは、なんとも……」

「元はといえば、あんたの口添えで貸した金だ。この旦那なら心配ないと、他ならぬあんたがそう言ったはずですがね。それともなんですか、最初から二人示し合わせて、この婆から金をふんだくろうって腹だったんですか」

「そりゃ、あんまりだ。あたしは決してそんな……」

「いい加減にせぬかっ。わしばかりか差配殿まで愚弄するとはっ」

浪人が腰を落として刀を抜いた。長らく手入れがされてないらしく切れ味の悪そうな代物だが、このご時世に竹光《たけみつ》じゃねえってだけでも立派なもんだ。

「しがない金貸し婆を斬っても旦那が笑いものになるだけだ。そんな脅しに乗るものかい」

「黙れ！」

叫びざま浪人は、お吟の胸座《むなぐら》を摑み地面につきとばした。妙な倒れ方をした婆さんは、一瞬、顔をしかめたが、すぐさま浪人をぎりりと睨《にら》みつけた。

「都合が悪けりゃだんびらを抜く。それがお侍ってえわけですかい。あたしだって金貸しお吟と呼ばれる婆だ。腐れ刀を抜かれたくらいで、逃げ帰るほど老いぼれちゃいない。斬れるものなら斬ってみろっ」

「なかなかの啖呵《たんか》だが、そいつはいけねえや、お吟さん」

口の中で呟いた。

浪人のこめかみが、びくびくと脈打っている。お吟の啖呵は浪人を追い詰めた。差配の腕を振りほどき、ずい、と一歩前へ出る。

いまだ！

長いこと張りついて、この機を窺《うかが》っていた。こんな狙い目は二度とねえ。

「ああっ、婆ちゃん、こんなとこにいたのかい！」

ぴんと張りつめていたその場を崩すように、大仰なほど明るく叫んだ。浪人も差配も長屋の衆も、一斉に木戸口をふり向く。一同の目が注がれる中、おれは大股で婆さんに近づいた。

「朝餉《あさげ》も食わねえで出掛けたから探してたんだぜ。こんなとこでなに座り込んでんだ。なんだい、腰でも打っちまったのかい」

「……おまえさん、いったい……」

いちばん不思議そうな顔をしているのは、他ならぬお吟婆さんだ。その口を封じるように、立て板に水でしゃべり続ける。

「すいやせんね、お侍さま。ひょっとしてこの年寄が、なにか粗相をいたしやしたか？　なにせ口の悪い婆さまでして、どうかこのおれに免じて今日のところはご勘弁くだせえまし。あ、そこのお人、すまねえがおれの背に婆ちゃんを乗せてくれやせんか」

煙《けむ》に巻かれているみたいに目をぱちぱちさせている浪人を尻目に、おれは傍らにつっ立っている差配に声をかけた。

「あ、ああ……あんた、この婆さんの身内かね」

「ええ、遠縁のもんで、ついこのあいだ田舎から出てきたばかり。ここいらにはまるきり不慣れなもんで、どうぞよろしくお見知りおきを」

「なに勝手なこと言いくさって、こんな男、知るものか！」

差配が背に乗せようとするのに懸命に抗《あらが》いながら、お吟が悪態をつく。それには構わず、ひょいと婆さんを背負って立ち上がった。五尺七寸の男に背負われ、ひと息に腰が浮いた婆さんは、ひっ、と喉の奥で小さな悲鳴をあげた。

「おれがたった一人の身内だってのに、このとおり薄情なもんで。じゃ、ご免なすって」

にっこり笑って頭を下げると、足早に長屋を後にした。


「この人さらい！　さっさと降ろさんかいっ」

お吟がしきりに背中で暴れる。

「命の恩人に向かって、そりゃあねえだろう。もう少しであの浪人者に、ばっさりやられるところだったんだぜ」

「ふん、あんな男に人が斬れるものか。顔は強面《こわもて》でも気の小さい奴よ」

「そういう奴に限って、やぶれかぶれになると危ねえんだ。鼠だって逃げ道がなくなりゃ猫を嚙むんだぜ。一寸の逃げ場もなくしちまうほど追い詰めるなんざ、あんたが悪い」

おれの物言いが癇《かん》に障ったらしく、婆さんがまた攻めに転じた。

「いてて、髷《まげ》を引っ張るのはやめてくれ」

しかたなく仙台堀にかかる海辺橋《うみべばし》のたもとで、お吟を降ろした。どのみちこっから先は、婆さんが承知せぬ限り同行《どうぎょう》できない。

「おまえのような若造に説教されるほど、落ちぶれちゃいない……っつ!」

右腰に手をあてて、痛そうに顔をしかめた。

「ほらみろ、腰、痛むんだろ。家まで送ってやるよ。住まいはどこだい、お吟さん」

振り向いたお吟は、嫌な顔をした。皺《しわ》と一緒に眉も目尻も垂れてはいるが、元はすっきりとした二重だったんだろう。色は案外白いし、鼻筋も通り、わりに見やすい年寄だ。だがこの世のすべてに唾を吐きかけているような、仏頂面はいただけねえ。

「おまえ、誰だい。なんだって、あたしの名を知っている」

「さっきあの浪人の前で啖呵切ってたじゃねえか。あたしは金貸しお吟だ、ってね。あれはぐっときたね」

「ふん、おべんちゃらはご免だよ。で、おまえはどこの誰べえだい」

「おれは浅吉《あさきち》ってぇ、しがねえ田舎もんさ。仙台堀をぶらついてたら騒ぎがきこえてな、木戸口から覗《のぞ》いてみたらあの啖呵だ。刀を抜いた侍相手にたいしたもんだと、つい節介な助け舟を出しちまったというわけさ」

とっておきの笑みを浮かべて機嫌をとったが、この疑り深い婆さんは、自力で帰れるだの駕籠《かご》を頼むだのさんざっぱら御託を並べ、またおれの背中に戻り三軒町の住まいを口にするまでにゃ、うんざりするほど暇がかかった。

「用心はいいがな、お吟さん、他人の親切は素直に受けるもんだぜ」

「ふん、ただより高いものはないからね」

そのとおりだ。もちろん、ただで済むはずがねえ。後で大枚の利息をつけて、きっちり返してもらうつもりだ。

「へえ、お吟さんは家作持ちかい」

三軒町に着くと、玄関前に婆さんを降ろした。こぢんまりした平屋建てに、小さな庭もある。たいした手入れもされてないようだが、片隅の皐月《さつき》が勢いよく咲きほこっていた。

「風流でいい住まいじゃねえか。だがこう言っちゃなんだが、若い妾向きの家だな」

「そりゃそうさ。元は大店の主人が若い妾を囲ってたんだ。この妾ってのが金使いの荒い馬鹿女でね。あちこちから金を借りて着物や簪《かんざし》をたんまりと買い込んだ」

「その借金の形《かた》に、家を巻き上げたってわけか」

「人聞きの悪い。妾の拵《こしら》えた借金があまりに嵩《かさ》んで、すぐには払えぬと旦那が抜かしたのさ。出るとこに出て取立ててもよかったが、わざわざ情をかけて割払いにしてやった」

「なるほど、この家の借り賃を、その旦那がせっせと払い続けてるってわけか。利息を考えりゃ、一生借りても釣りがくるって寸法かい」

しゃべり過ぎたとでも言うように、お吟が小さく舌打した。

カアァ――

葉の繁り始めた辛夷の上から、間延びしたような相槌が入る。

「憎ったらしい烏だね。あっちへお行き、お行きったら！」

お吟は拳《こぶし》を振り上げたが、烏は首を傾《かし》げたまま羽ばたきさえしない。左足のつけ根の辺りが、白く禿《は》げた烏だった。

「たかが烏に、そうめくじら立てることもねえだろうに」

「あいつのおかげで烏金《からすがね》貸しが烏を飼ってるなんて、洒落《しゃれ》にもならない陰口をたたかれて、こっちはいい迷惑なんだよ」

「いつもあそこにいるのかい？」

「半月くらい前から見掛けるようになったのさ。追っ払っても、いつの間にか戻ってきてる。いけ好かないったらありゃしない」

「そいつは災難だ」

笑いをかみ殺すおれに、お吟は押しつけるように一枚の銭を握らせた。

「それじゃ、ご苦労さん」

「あ、おい……」

言いかけたおれの鼻先で、ぴしゃりと戸が閉められた。掌《てのひら》には波銭一枚が載っている。

「これじゃ、子供の使いにもならねえや」

辛夷の枝に向かって、銭を高く放った。歯切れのいい羽ばたきとともに黒い鳥が真一文字に銭に向かい、弧を描いて落ちる鼻先を見事に受けとめた。

「見張り賃だ、勘左《かんざ》」

どこかに銭を埋めに行くんだろう、西へ飛び去る烏の背に、そう呟いた。

勘左は、おれの相棒だった。

深川三軒町は町屋になった当初《ころ》、人家がわずか三軒しかなかったために、その名がついたという。町内の北東尻を切りとるように五間堀が斜めに流れ、南に元町、西に北森下町と大名屋敷がある。ちょいと足を延ばせば周りには岡場所がいくつもあり、伏せ玉と呼ばれる私娼がひしめいているが、三軒町はたて込んだ長屋の隙間に小さな店がいくつかあるきりの地味な町屋だった。

ひと仕事済ませ、またお吟の家に戻ってみたのは、午《ひる》をとうに過ぎた頃合だった。近くを行徳《ぎょうとく》街道が通っているが、その賑《にぎ》わいは遠く、井戸端から響く女房たちの笑い声と子供のはしゃぐ声が時折きこえるだけだ。

「おおい、お吟さん、いるかい」

格子戸を開け、中に向かって声を張り上げたが応えはない。

「留守か」

土産の玉子をくるんだ手拭《てぬぐい》を眺め、ため息をついたとき、何か音がした。その場でじっと耳をすます。音じゃねえ、あれは呻《うめ》き声だ。

「お吟さん、上がらしてもらうぜ」

三和土《たたき》から狭い板間に上がり障子を開けると、箪笥《たんす》と小机があるきりの六畳間だった。たぶん、金を借りにくる客のための座敷だろう。向かって右には勝手があり、その向かい側、左手の襖《ふすま》の奥に人の気配があった。襖の中を覗き込む。

「お吟さん！」

縁に面した明るい八畳には、凝《こ》った造りの茶箪笥が据えられ、その飴色の木目にへばりつくようにしてお吟が蹲《うずくま》っている。

「おい、しっかりしろや、お吟さん、お吟さんてばよ！」

しきりに呼びかけながら肩を揺さぶると、婆さんは物憂げに顔を上げた。

「耳元でお吟の安売りなんぞしないどくれ。なんだい、またおまえかい。なんの用だえ」

「ちっと気になって寄ってみたんだが、来てみて良かったぜ。腰、痛えんだろ？　吐き気でもするのか？」

「痛みはいったん引いたんだ。それがさっき棚上に手を伸ばした拍子に……」

「ああ、ああ、無理するからだ。少しは年を考えろや」

「大きなお世話だ。うちは金貸しだよ。金を借りないなら、とっとと出て行っとくれ」

婆さんは片手で追い払う素振りを見せたが、やはり辛《つら》いのだろう、すぐにその手がだらりと垂れる。お吟にゃ悪いが、こいつは好都合だ。

「こりゃいけねぇや、とりあえず冷やしたほうがいい。痛みがひでえときは冷やしてから温めるのがいいんだってよ。布団はどこだい？　飯は食ったのか？」

それからは急に忙しくなった。婆さんは口の中でぶつくさ呟いていたが、からだがしんどいものだから、じき大人しくおれが伸べた床に横になった。うどん粉と酢を混ぜた練り薬で湿布をさせてから、竈《かまど》に火を熾《おこ》し粥《かゆ》を炊き、持ってきた玉子を落とす。

「この丸薬、痛みにはようく効くんだ」

どうにか粥を食わせると、おれは懐《ふところ》から出した紙包みを開いてみせた。

「先年江戸へ出てきたときに、道連れになった奴が怪我をしてな、こいつで楽になった。そんときの残りだが、桂の枝だの芍薬《しゃくやく》の根だのが入ってるとかで効き目はある」

婆さんは疑わしげな目つきをしながらも、黙って丸薬を口に放り込んだ。

「今日は一日中冷やして、明日から生姜湯《しょうがゆ》の湿布で温めりゃあいい。なに、このまま三、四日も寝てりゃ、よくなるさ」

「三日も四日も商売を休めるものか。明日はまた、あの長屋に行かにゃならん」

「このからだじゃ無理だ。それに行ったところで、今朝と同じ目に遭うだけさ」

「明日は同業の者に声をかけて、みなで打ちそろって長屋の前に居座ってやるのさ」

「居座ったところで、ない袖は振れねえぜ。あの浪人、どう見ても素寒貧《すかんぴん》だ」

「あいつに金のないことくらい先刻承知さ。長屋で騒ぎゃ、あの差配が身銭を切ってくれるだろうよ」

「なんだい、はなっからそのつもりだったのかい」

あの差配なら、婆さんの言ったとおりになるかもしれない。

「どのみちおまえさんの知ったこっちゃないよ。あたしゃ、もう寝るよ」

とりあえず、世話になった心苦しさはあるようだ。とっとと帰んな、とは口にせず、代わりに頭から布団をかぶった。小綺麗とは言いがたいくすんだ茶の布団が、小さな老婆のからだ分、小振りに盛り上がっている。眺めているうち、薄笑いが浮かんだ。

「あの浪人の取立てな、おれにやらしちゃくれねえか」

婆さんが、布団の端から目だけを出した。

「藪から棒に、なにを言い出すかと思えば……」

「ちょいとな、思いついたことがあるんだよ。そいつを試してみてえんだ」

「ふん、どこの馬の骨かわからぬ奴に、大事な商売を任せられるものか」

「おれは浅吉って田舎もんだと言ったろう。歳は二十三、武州の山奥の百姓の倅《せがれ》だが、ここ何年かの凶作で食い詰めて、去年の末に江戸に出てきた。だがこっちじゃ碌な仕事にありつけなくてな、大鋸挽《おがひき》なんぞを手伝いながら日銭を稼いでる。けど、ま、飯にありつけるだけでもありがたく思わなくちゃな。江戸へ来るまでにあちこち見てきたが、どこの村も、そりゃひでえ有様だった」

ふうっとため息をつく。

「ふん、飢饉《ききん》続きのせいで、おまえらみたいな田舎者が大勢江戸に流れ込んだ。おかげで打壊しだの泥棒だのが増えて、すっかり住み辛くなっちまったよ」

少しは憐れみを買えるかとも思ったが、甘かったようだ。

「だいいち、大鋸挽ふぜいに金勘定ができるもんかね。せめて、も少し強面だったら、脅しすかしの手伝いくらいにはなったろうがね」

「こう見えて金勘定は大の得意でね。腕っぷしだって、なかなかのもんなんだぜ」

と、熱心に売り込みながらも、お吟のような手合いには、目の前でやってみせるしかあるまいと承知していた。

「じゃあ、こうしよう。一日だけおれにくれ。もし明日中に、あの浪人がここへ金を返しに来たら、おれの勝ちだ」

「いったい、なんの勝ち負けだい」

「おれが勝ったら、頼みがあるんだ」

何とは言わず、新しいうどん粉の湿布をさし出した。


翌日の午をまわった八つ時、おれは伊勢崎町の長屋を訪ねた。

「今日はおまえが金を取立てにきたのか」

佐野という浪人者は、上背で負ける相手をせいぜい脅しつけるように、大きく息を吸った。

「いや、その話はひとまず置いといて。ひとつ、旦那に頼みごとがありやしてね」

「頼み？」

「へい、日本橋浜町の米問屋堺屋が、米蔵番のために腕っぷしの強《つえ》え旦那衆を集めてるそうで。世話人の口入れ屋に腕に覚えのありそうな旦那を知っていると話したら、向こうも大乗り気で、すぐにでも来てほしいってことになりやして」

話の途中から佐野 某《なにがし》の顔が曇り、それまで武張っていた肩が落ちた。

「いや、その、拙者は……それほど自慢できる腕でもござらんし……」

あの刀を見たときから、そうと察しはついていた。体面大事のお侍なら見栄を張りとおすものと思っていたが、とんだ見当違いだ。強面なのは顔だけで、間近で見る瞳も優しい。だが、こっからがおれの腕の見せどころだ。

「ご謙遜なさるあたりが、ますます心憎い。やはり真のお侍ってもんは、ひけらかしなぞしねえもんでござんすね。刀を質入する 輩《やから》が跡を絶たねえこのご時世に、どんなに貧乏してでも……おっと失礼、とにかく武士の魂を手放さねえ旦那の心意気に惚れたんでさあ。なあに、難しい仕事じゃござんせん。米蔵番といっても相手は町人ですからね。江戸の町でも米蔵の打壊しが起きていることはご存知でしょう？　そんな連中から米を守って欲しいと、それだけのことでやして」

四年続きの飢饉のせいで、西も東も一揆《いっき》や打壊しが続いていた。だが江戸だけは、どんな凶作でも米がなくなることはない。国中の米が、この江戸に集められるからだ。上方の米不足を尻目に江戸へ廻米したことに腹を立て、大塩《おおしお》とかいう大坂の町方与力《まちかたよりき》が乱を起こしたのは去年のことだ。米はあるのに、江戸でも打壊しは起きる。値があまりにはね上がり、貧乏人の口には入らなくなったからだ。

「しかし万一米を守り抜けなんだら、雇い主に申し訳が立たぬではないか」

やれやれ、よほど気が小さいか馬鹿正直か、浪人はやはりぐずぐずとためらっている。

「それがね、旦那、米が盗まれるってこたぁ、万に一つもねえんでさあ」

「どういうことだ？」

「御上はとにかくけしからんってことで殊更《ことさら》騒いじゃおりやすがね、たしかに方々で打壊しは起きてるものの、壊したほうは一粒の米も持って行かねえそうなんで」

「そういえば、そんな話はきいたことがあるな」

「旦那、こいつは本当なんで。いくら食い詰めても盗みはしねえってのが連中の身上らしく、米をみんな持って行かれたなんて騒ぎは、おれの知ってる限りじゃきいたことがねえと……こいつは口入れ屋の受け売りですがね」

ふうむ、と浪人が唸った。九尺二間の薄暗い長屋の奥では、所帯やつれの目立つ妻女と二人の幼い娘が、じっとこちらを窺っている。

「それにね、旦那。お手当のほうもなかなかのもんなんで。とりあえず差料《さしりょう》の砥《と》ぎ賃《ちん》ってことで、前金で一分」

「一分！　本当か」

浪人に頷《うなず》いて、にんまりと笑った。お吟への借金、二朱の倍なら文句はあるめえ。

奥に座る妻女が、まるで祈るように両手を握りしめた。

「口入れ屋にはもう、必ず旦那を連れてくるからと口約束を交わしちまってるんで。あっしを助けると思って、どうか一緒に来ておくんなさい」

へいこらと頭を下げ続けた甲斐あって、佐野の旦那はようやく重い腰を上げた。

「多少なりとも身なりを整えるべきか……といっても着物袴はこれ一枚きりなのだが、髭くらいあたったほうが良いだろうか」

「いやいや、とんでもございません。そのまんまの旦那で結構でやすよ」

その髭面の強面こそが唯一の拠所《よりどころ》だってのに、こいつを剃られちゃたまらねえ。

おれはあわてて旦那を促し、外に出た。

金を携えた浪人を伴い三軒町に戻ったときの、お吟の顔は傑作だった。昼日中から悪い夢でも見ているように、皺のあいだで何度も目を瞬《しばた》かせた。丸薬の効き目か痛みは治まったようで、そろりそろりとながら、どうにか自力で玄関前の六畳まで出てきていた。

「これが新しい証文か。借金の額が減るというのは、気持ちの良いものだな」

と、浪人が満足そうに出て行くと、おれは婆さんにせっつかれるまま仔細を話した。

「よくもそんな都合よく、用心棒の口に出くわしたもんだ」

「そんなうまい話があるものか。あの口はな、おれが足を棒にして口入れ屋をまわり、ようやく見つけたもんだ」

昨日婆さんをここへ降ろすとすぐに、おれは本所深川界隈《かいわい》の口入れ屋を走りまわったが無駄足だった。いったん諦めてここへようすを見にきたが、婆さんとの勝負の話からもうひと踏ん張りする気になった。今日は大川を越えて、日本橋、神田辺りを訪ね歩き、午を過ぎてようやく見つけた働き口だった。

「けど運が良かったぜ。前金で一分もくれる気前のいいとこでよ」

「一分だって！　だったらうちの借金を、耳をそろえて返すのが筋だろうが」

婆さんが怒るのも無理はねえ。浪人が今日返したのは、二朱の借金の半分にも満たない。無事に前金を手にした浪人も、ここの金は真っ先に返すものだと思っていた。

「こう言っちゃなんですが、旦那が借りてるのはうちだけじゃねえんじゃ……」

「うむ、実はあと二口ほど、同じような借金があってな」

さらに話をきくと、米、味噌、醬油から炭、油まで、あちこちに支払いの滞りがあるという。それで今日のところは三百数十文だけ納めてもらい、新しく五百文の証文を交わしてあとは節季払いという案を、おれのほうから出したのだ。

「この馬鹿たれが！　他よりなにより、こっちの金を返させるのが先だろう」

「よっく考えてみろよ、お吟さん。今日すっきり返してもらっちゃ、こっちの儲けは最初にさっ引いた分と遅れた六日分の利息、しめて百三十六文きりだ。けど今度は月九十文の利息、盆までの四月で三百六十文になる。烏金よりゃ利は悪いが、節季貸しとしちゃまずまずの儲けだ」

「……おまえ、それでわざわざ、半端な額しか返させなかったってのかい」

目を丸くした婆さんが、ふいと黙り込んだ。冷えた白湯《さゆ》をひと口すすり徐《おもむろ》に口を開く。

「余計な借金を負わされたってのに、あの浪人はばかに機嫌が良かったじゃないか」

「そりゃそうさ。借金は半分近くに減り、日に六文の利息は三文になった。どう考えても得したように見えるだろ」

借金をこさえる輩は、総じて利に疎い。一日でも早く金を返すことより、期日が延びたり利息が減ったりしただけで、えらく得したような気になるものだ。

「別にあの旦那を騙したってえわけでもねえ。双方に利がありゃ、それで結構じゃねえか。どうだい、お吟さん、おれの手並みは。雇って決して損はねえぜ」

「半端な取立てじゃあ、まだまだ甘いね。米問屋の働き口が潰《つぶ》れりゃ、五百文は返らないいんだ。そいつが戻るまでは、何を認めようもないね」

「盆まで待つのは難儀だな。それじゃあ、こうしよう。もう三件ほど、やらせちゃくれねえか。ものによっては日数《ひかず》がかかるか知れねえが、どのみちそのからだじゃ外出《そとで》は無理だろう。そのあいだおれを働かせると思や、いいじゃねえか」

他人を信じぬ婆さんは、やはり気乗りはしないようすだったが、今度も証文は預けないという断りつきで三件の借方の仔細を話し出した。

「この三件、片がついたらおれの頼みをきいてくれ」

「多少の礼は考えとくよ。それともなにかい、安い利息で金を融通してほしいのかえ?」

「礼はいらねえ。金を借りるつもりもねえ。おれは貸す方になりてえんだ」

腑《ふ》に落ちぬようで、婆さんの額《ひたい》の皺がさらに一本増えた。

「おれをここで雇っちゃくれねえか」

「人を雇うほど儲かっちゃいないんでね」

お吟は鼻先で一蹴した。

「給金はいらねえよ。宿と飯さえ宛《あて》がってくれりゃいい」

「ここに住みつくつもりかえ！」

「そんな嫌そうな顔をしねえでくれよ。おれはこの家《や》で結構役に立つ筈だぜ」

「ただ働きで、なんの得があるってんだい。何を企んでる。おまえの魂胆はなんだえ」

得体の知れぬ怪しいものを見るような眼差しを、右手を軽く振って遮った。

「魂胆なんぞねえよ。おれは落着き先がほしいんだ。この前の神田日本橋の大火事は知ってるだろ？　おれも住んでた長屋を焼け出された口だ。間に合わせでこさえた掘立て小屋に、十人ばかり一緒につめ込まれてる。あんなとっからは一刻も早く抜け出してえんだ」

先月半ばに小田原町から出た火は、室町や小川町を舐《な》めて雉子橋《きじばし》外まで達した。

「おかげで大工なんぞの手間賃は上がって賃稼ぎには事欠かねえが、おれはずっと何か別のことをしてえと思ってた。金貸しってのは面白えもんだな。あんたに会って、この商売がしてみたくなった。こんとおりだ、これも縁と思って、おれをここに置いてくれ」

畳にべったりと額をすりつける。

「とりあえず、この三件の手際を見せとくれ。先の話はそれからだ」

毛羽《けば》だった畳表に鼻をこすられながら、思わずにやりと笑みがこぼれた。これでようやく、銭の山のふもとに辿《たど》り着いた。あとはひたすら天辺《てっぺん》めざして、登り続けるだけだった。

二

お吟はかれこれ十年以上も金貸しをしているが、最初のうちは烏金《からすがね》だけを貸していた。

烏金は、明烏のカァで借り、夕方のカァで返すことからこう呼ばれる。最も多いお得意は、振り売りや裏店の小商人《こあきんど》のような身薄《みうす》の者たちだ。朝六、七百文借りて品物を仕入れ、夕刻その日一日の売上げから金と利息を返す。

それとは逆に、日暮れに借りて朝のカァで返す、ひと晩貸しもあるときく。こっちは大方、岡場所や茶屋あるいは賭場なぞ、夜の商売が盛んな町の話だろう。

どちらにせよ、借りた金をその日のうちに返す日銭《ひぜに》貸しだ。利息の相場は、一両を一日借りて四百文。ふつうならひと月貸しで四百文が相場だから、たった一日でひと月分の利息を取るとんでもねえ暴利だ。年利にすると、利息だけで二十二両を越えちまう。

それでも借りにくる貧乏人に事欠かないのは、その日暮らしの者の多さと、証文いらずの手軽さにある。住む家がありゃ、家主の口きき程度《ほど》で借りられる。

いまじゃお吟は烏金の他に、日済《ひなし》貸しや月済貸《つきなし》し、節季貸しなんぞもやっている。日済、月済は、あらかじめ日切りを決めて、毎日、毎月、同じ額だけ返すやり方だ。こっちはきっちり証文を取り、利息は最初にさっ引かれる。日なし月なしとは、よく言ったもんだ。借金がある限り、返さねえ日も月もねえ。毎日毎月金繰りに追われることになる。

あの佐野某が借りていたのが、この月済にあたる。それをおれは、節季貸しに借り替えさせた。しかもたった五百文に、年利にすると元金の倍の利息。これに気づけば、あの旦那は怒り狂うだろうか?

たしかにからくりを説かないのは悪い。しかもこの仕組みを悟られぬよう、利息は最初にさっ引かず月払いとした。毎月の利息九十文だけ払っているうちは、それほど損にも見えぬだろうとの腹だから、これもあくどい。だがあの旦那は、あちこちに借金をこさえてた。やたらと借りると、どこにいくらの借金があり、どれほど利息が嵩んでいるかわからなくなる。というより、わかりたくないんだろう。てめえにいま、払える当てのない借金がどれだけあるか、そんなことを毎日考えてたら生きていくのも難儀に思える。

だが見ないようにしていると、その化け物はどんどんふくらむ。ちょうど見えぬ幽霊が恐いように、四六時中、得体の知れない借金という物の怪《もののけ》に脅かされることになる。

おれはその化け物の正体を、旦那の前に晒《さら》してやった。他のふた口の借金を含め、これこれこうやって片づけちまえば、うちの残りは五百文、月々九十文の利息だから、米味噌なんぞの支払いも順々にやっていけばよいと教えた。

働き口の世話よりも、そっちのほうが案外大事だと、おれは思っている。


お吟はわざわざ面倒な借方ばかりを選り分けて、おれに押しつけて寄越したようだ。だが、そのくらいの見当はついていた。

最初に足を向けたのは、竪川《たてかわ》沿いにある松井町の八百屋だった。

「へい、らっしぇい」

八百徳《やおとく》の親父は、おれに向かってせいぜい声を張り上げたが、どうも勢いがない。まだたて込む刻限ではないから客が居ないのも道理だが、店先に漂うものがなにやら暗い。四十がらみの親父の顔も色艶《いろつや》が悪く、並んだ野菜までしなびて見える。

「こう言っちゃなんだが、八百徳さん、商売のほうはあまりうまく行ってねえようだな」

お吟の使いだと明かすと、親父は俄《にわ》かに青ざめ、しどろもどろで言い訳を並べたてた。しばらく耳をかたむけると、どうやら仔細が見えてきた。

「つまり先月から近所に商売敵《がたき》が現れて、こっちの商売が上がったりってわけか」

「どういうからくりか知れねえが、豆でも菜っ葉でもみいんなこっちの半値なんだ。うちだってこれでも精一杯売値を抑えてんだ。それでも半値相手じゃかないっこねえ」

おれはいったん八百徳を出て、隣町にできたという商売敵に足を向けた。なるほどこちらは店先に、近所のかみさんらしき二、三の客の姿が見える。嫌らしいほど愛想の良い三十くらいの男が、客を捌《さば》いていた。冷やかしの体《てい》でしばらく店先をうろついて、松井町に戻った。

「ありゃ、安かろう悪かろうってえ商売だな」

田舎育ちの分、野菜には目が利く。主と話しがてら空豆くらいは買うつもりでいたが、どうしても手が出なかった。さっきしょぼくれて見えた八百徳の売り物が、妙にうまそうに映るほどだ。親父は情けなさそうにため息をついた。

「そのとおりだ。うちじゃとても客に出せねえような代物まで、大いばりで並べてる。あんな商売いつまでも続くもんじゃねえと思っていたが、間の悪いことに米と一緒に青物の値も上がる一方で、こっちは逆に値上げせずには仕入値にもおっつかねえって始末で」

「やりくりに汲々《きゆうきゆう》してる裏店連中には、とりあえず今日食べられれば一文でも安いほうがいいってわけか。大方どこぞの大店か、ひょっとしたら青物市なんぞの残り物を、安く手に入れる伝手《つて》があるんだろう」

いまにも竪川に身投げでもしそうな八百徳を、せいぜい引きたてて踵《きびす》を返す。八百徳は、金はいいのか、という顔をしたが、おれは笑って店を出た。

次に訪ねた入江町の裏店は、貧乏人の見本みたいな有様だった。稼ぎ手だった屋根職の父親が、仕事先で寺の屋根から落ちて死に、長患いの母親とお照《てる》という十五のひとり娘が残された。母娘二人で近所の繕い物なぞをして、どうにか糊口《ここう》を凌《しの》いでいるという。母親の薬代のために婆さんから二朱の借金をしたが、期日を半年も過ぎたいま、それは六倍にまでふくらんでいた。

「今日、すぐに行かなくちゃ駄目なんですか」

お吟の使いと知ると、娘は切羽詰まった口ぶりで真っ先にそう言った。

「行くのは仕方ないと思ってます。けどあたしがいなくなったら、誰もおっかさんの面倒を見る人がいないんです。だから……」

「行くって、どこへだい？」

「どこって……あたし、売られるんですよね……」

途端に頭に血がのぼった。

「……あの強突婆《ごうつくばば》あ……！」

五日遅れた浪人の返済を、あれほど騒いだ婆さんが、半年も待ったのはおかしいと思っていたが、そういうわけか。二朱くらいじゃ話にならぬが、その六倍、三分の借金を返そうと思ったら、この貧乏所帯じゃ娘が身売りするより他にない。

「あの、ごめんなさい……そんなに、怒らないで」

お照が泣きそうな顔で謝った。知らず知らず奥歯を嚙みしめていたおれを見て、勘違いしちまったんだろう。

「……ああ、すまねえ。怒っちゃいねえよ。それに、今日は違うんだ。あんたを売らねえようにするために、その相談に、ちょいと寄ったのさ」

「ほんとに？　ほんとにあたし、身売りしなくていいんですか？」

お照が身を乗り出すようにして叫んだ。何度も何度もたしかめて、ようやくほうっと息をついた。目を引くほどの器量じゃないが、造作の整った顔立ちをしている。たぶん、磨けば光るという手合いだろう。

「いい加減、放しちゃくれねえか」

「え？」

苦笑いして、お照が摑んでいるおれの左袖を示す。お照は真っ赤になって袖を放し、お狐さまの像まで一足飛びに後退《あとずさ》った。母親にきかせたくないんだろう、長屋を訪ねると、お照はこの小さな稲荷社までおれを引っ張ってきた。

「あの、でも、お金は、返さなくちゃなりませんよね」

「ああ、きっちり返してもらうぜ」

「……でも、どうしたら……。あたしが通い奉公でもできればいいんですが、おっかさんひとりじゃ厠《かわや》に行くのも難儀で……」

「おっかさんの傍《そば》で、できる仕事がいいんだろ？　何か見つけてきてやるよ」

娘の顔が、ようやく名前どおり明るく輝いた。そのまま帰ろうとするおれを引きとめて、いったん家に戻り、息を切らせて駆け戻った。携えてきた紙包みを、おれに押しつける。

「他に何もお礼ができないから……手間仕事のこと、よろしくお願いします」

必死の眼差しだった。お照はもうずっと、こんな目をして生きてきたんだろう。

包みからは、ぷうんと糠《ぬか》の匂いがする。中を覗くと、大根と茄子《なす》の糠漬けが並んでいた。

竪川にかかる三ツ目橋の上で、ひと切れ口に放り込む。

「うまい」

浅すぎず塩辛くもなく、ちょうど良い漬かり具合だ。

大根を口の中でぱりぱり言わせながら、橋の下を行き来する舟を見下ろした。もう七つの鐘が鳴る頃だから、江戸に荷を運び、また西へ戻って行く舟が多い。

つまんだ大根と舟を見比べてるうちに、口許に笑みが浮かんだ。

「なんとかなるかもしれねえな」

木橋を鳴らしながら、おれは三軒目へと歩き出した。

三軒町の東側には、武家屋敷がひしめいている。ご大身の下屋敷もあるが、ほとんどは禄《ろく》の薄い小役人ばかりだ。近いにも拘《かか》わらず後回しにしたのは、おそらくここがいちばんの難物だろうと見当をつけたからだ。

「返したいのは山々なれど、あいにく手元不如意でな」

小半刻《こはんとき》ほど待たされて、役目から戻ったこの家の主に会うことができた。

長谷部義正《はせべよしまさ》は、役料百俵の小普請方《こぶしんかた》だという。侍余りのご時世に役料があるだけましなほうだが、「百俵六人泣き暮らし」ってえ皮肉はおれでも知っている。ご多分にもれず、母上と妻子、使用人を含め、七人所帯らしい。

「たった一両が返せぬとは、面目次第もないが」

一両どころか、その四分の一の一分でさえ、裏店住まいの連中には大金だ。百俵を銭換算すると、おおよそ四十両。これで七人が貧乏暮らしとは、まったく侍という奴はわけがわからない。

「雇人への給金やら盆暮れのつけ届けやら、とにかく出て行く金が多くてな。古くは祖父の代からの借財もあり、先の切米《きりまい》まで札差に押さえられておる始末だ」

三十に手が届こうかという若い当主は、神妙な顔で訥々《とつとつ》と語った。懐は空《から》っ穴《けつ》でも見栄と空威張りは人一倍、という侍が多い中、珍しく腰が低い。金を返せぬ引け目もあろうが、我家の恥を晒す人の好さに、おれは感じ入った。

「長谷部様、いま方々にどれだけの借金があるか、書き留めたものはありやせんか？」

「証文や備忘録なぞをまとめれば、わかるやもしれぬが」

「では一刻も早く、それをなさいまし。それと、一年にどれほどの金が出て行くか、何にどれだけかかるかも細かく記しておくんなさい」

「記して、どうなる？」

「長谷部様の肩に乗った化け物を、退治してご覧にいれます」

冗談はあまり解さぬらしく、若い当主は合点の行かぬ間抜け面になっている。

「もうひとつ、この家の家財、一切合切を書き出すこともお忘れなく」

「それは売り物にするということか？　したが目ぼしい道具は、父の代に売ってしもうた。残っているのは、どうしても手放せぬ家宝の類と鍋釜くらいで」

「家宝も調度も、着物から鍋釜、茶碗まで、全てです」

呆気《あっけ》にとられながらも首を縦に振った当主に、いきなり叱咤が飛んだ。

「先祖伝来の家宝を売るとは何事ですか！」

「……母上……」

「このような賤《いや》しい金貸しの口車に乗せられ、こともあろうに家宝にまで手をつけようとは、なんという浅ましさ。それでよく、この長谷部家の当主が務まりますね。いいですか、私の目の黒いうちは決して許しませんからね」

なんとも恐ろしい母君の参上で、ご当主様のやる気はすっかり失《う》せちまった。申し訳なさそうに門外まで見送ってくれた礼に、もう一度念を押した。

「悪いこた言わねえ、さっきおれが言った目録だけは作っておくんなさい。その上で三軒町を訪ねてくだされば、きっとお力になりやす。このままだといつか、にっちもさっちも行かねえ羽目になりやすぜ」

単なる脅しとは取られなかったらしく、主はどこか切ない顔で頷いた。

「あすこはあの婆さんが曲者《くせもの》でね」

今日一日の仔細をきいたお吟は、お照の糠漬けをつまみながら音をたてて白湯をすすった。

この家では酒はおろか、茶も出ない。ひたすら金を惜しむ婆さんの唯一の道楽は、たまに嗜《たしな》む煙草くらいだ。

「同業の者に頼んで、皆でこぞって取立てに行ったこともあったが、あの婆さんが水をかけるわ薙刀《なぎなた》を振りまわすわで、危なくってかなわないのさ」

「なるほどな、どのみちあすこは腰を据えてかからにゃいけねえから後回しにするさ。残り二件は、そうだな、あと半月ばかりくれねえか」

「娘を売るのに半月もいらないと思うけどね。八百屋のほうは、そのあいだに潰れちまうよ」

「やっぱりあの娘は、売るつもりだったのかい」

軽口めいて切り出すつもりが、うまく行かなかった。てめえの声が、嫌な湿り気を帯びて耳に届く。婆さんは粗末な長煙管《ながぎせる》を手にとって、おれに目を据えた。

「ああ、そうさ。あの家で売れそうなものといったら、あの娘だけだからね」

「借金がふくらむのを待つなんざ、ちょいとやり方が阿漕《あこぎ》じゃねえかい」

額にうっすらと、汗が滲《にじ》む。頭の中に、泣き笑いを浮かべたようなお妙の顔《たえ》があった。

——あんたのおかげで、おれも親父もひでえ目に遭った。お妙の傍にもいてやれなかった。

そうでなけりゃお妙も……。

喉元までせり上がった恨み言を呑み込んで、口を押さえて立ち上がった。

外に出ると、小糠雨がからだを包んだ。

親父はともかくお妙のことばかりは、お吟にとっちゃ逆恨みだ。それはよく、わかってた。

勘左、と呼んでみたが、辛夷の梢からは葉ずれの音しか返らなかった。

翌日は夜明け前から竪川の川っ縁に立ち、午からは入江町にお照を訪ねた。話を持ちかけると、お照にはなによりの報せだったらしく、大喜びで承知してくれた。二日目は大川に、三日目は小名木川に立った。なかなかうまい具合に行かず、多少の嫌気がさしてきた頃、一艘の小舟が目にとまった。両腕を振りまわし大声で呼びかけると、竿を手にした男が舟の向きを変え、岸辺に漕ぎ寄せた。

夏大根、空豆、初茄子《はつなす》。小舟の上は、初夏の野菜であふれている。まるで野菜に押し出されるようにして、竿持ちとは別の男が、小舟の尻に腰を下ろし櫓《ろ》に腕をかけていた。

手にとった糸三葉が、さわやかな香を放つ。

「見事な出来だなあ。色艶といい香りといい申し分ねえや。なにより品が豊富だ」

「兄さん、目が高いね。うちらの近在じゃ青物には力を入れててよ、何軒かで合力して色んな品を作ってるんだ。それを交代で番を決めて、こうして売りにきてるのさ」

葛西村から来たというその男は、赤黒く陽焼けた顔をほころばせた。

「これからやっちゃ場で売るのかい?」

「前は両国や神田のやっちゃ場まで出張っていたがな、縄張だの見ケ〆《みかじめ》だの何かと煩《うるさ》くてよ、近頃はもっぱらこうして街中を売り歩いてるのさ」

やっちゃ場は青物を扱う市場のことで、千住、駒込、神田須田町の三所は「江戸三大やっちゃ場」として殊《こと》に名が知れていた。

「兄さん、板前か何かかい？　少し買ってかないかね」

「少しと言わず、まとめてみんな買わせてもらうよ」

「これを、みんなかね！」

それまで黙ってきいていた櫓の男が、驚いて腰を浮かせた。

「もちろん、値で折合いがつけばの話だがね。こっちも商売だからな」

「この荷に、どれくらいの値をつけるつもりだね」

おれは懐から、紙を糸綴《と》じしただけの粗末な帳面をとり出した。今時分採れる野菜の値が、すべて書き出されている。おれが一つ一つ読み上げる値を、二人は一笑した。

「そりゃあ、いくらなんでも安過ぎらあな。儲けどころか、足が出ちまう」

いま口にしたのは、あの半値で商う八百屋の値から弾《はじ》き出したものだ。品の良さから言っても、相場にはほど遠いとわかっている。おれは腰を据えて値の談判にあたった。時が経《た》つごとに値はじりじりと上がってはいたが、話をきく二人の百姓の顔つきが、少しずつ変わっていった。

「よっく考えてみてくれや、あんたたちの商売だって振り売りと変わらねえ筈だ。雨風で客足は大きく落ちる。なにより厄介なのは売れ残りだ。そうじゃねえのかい？」

「そりゃあ、そうだが……」

「売れ残ったもんはどうする？　日持ちするもんはまだいいとして、葉物なんぞはそのまま持ち帰るのかい？」

「まあ、そうだな。おれたちで食うことになる。あんまりたくさん残っちまったときは、赤字覚悟で投げ売りするときもあるが」

「毎度すっきりした空舟で帰ることを、思い浮かべてみてくれよ。しかもあんたたちはここいらに荷を置いて、そのままとんぼ返りだ。朝餉の煙がのぼってる頃に家路につきゃあ、その日一日畑仕事ができるんだぜ」

小舟の上で、二人が腕を組んで考え込んだ。もうひと押しだ。

「よおし、わかった。これで最後だ。これ以上はびた一文も乗せられねえ」

百姓たちは互いに目配せを交わしてから、舟の上の野菜に目を落とした。おれはじっと黙って、それを見守った。ほんの僅かの間だったんだろうが、ひどく長く感じられた。

「わかったよ、兄さん、おれたちはその値で承知するよ」

安堵《あんど》のあまり、膝《ひざ》が崩れそうになった。

「だがな、さっきも言ったとおり、この商売に関わってんのはおれたちだけじゃねえ。一度村に戻って、みんなに掛け合ってみねえことには」

　百姓は疑り深い。たぶん中の一人や二人は異を唱える。役人や商人から搾りとられるのが仕事だから詮《せん》ない話だが、このままあっさり帰しちまったら、おそらく元の木阿弥だ。心中の焦りを隠して、笑顔を返す。

「それはこっちもご同様だ。おれも八百徳の旦那の許しが要る。それにめでたく話がまとまったとしても、これから長いつきあいになるからな。一年を通してどんな野菜がどれだけ作れるか、その辺りもたしかめたいしな」

「そいつはまた、大事《おおごと》だな」

「そこでだ、ひとつおいらを、あんたたちの村に連れて行っちゃくれねえか」

「わざわざ葛西まで、足を運ぼうっていうのかい？」

「実はおれも百姓の倅でね。畑を見りゃあ、たいがいのことはわかる。村の衆とも顔を合わせておきてえんだ」

「まあ、あんたが来てくれりゃ、おれたちは皆を説き伏せる手間がはぶけていいがね」

「話は決まった。じゃあ今日あんたたちが帰るとき、一緒に乗せてってくれや」

「今日かね！」

　二人はそろって仰天しながらも、承知してくれた。この手の話は時を置くと、碌《ろく》なことはない。長いこと舟を止めさせた詫び料代わりに、大籠《おおかご》一杯の野菜を買った。

小舟が高橋を潜《くぐ》ったのを見届けて、地面にどっと尻をついた。日はすっかり高くなり、もう手習所《てならいどころ》へ向かう子供の姿も消えていた。妙な疲れ方をしちまったが、こうしちゃいられねえ。おれは勢いをつけて立ち上がった。


「たしかに良い品だが、その値じゃあ、やっぱりあっちの八百屋にはかなわねえぜ」

大籠の中の茄子や青豆を手にとって、八百徳の親父は口をすぼめた。

「それでもこれまでの仕入値よりゃ、三割以上安いだろ」

「だけどなあ……商売がうまくまわるってえ証しもねえのに、馴染《なじ》みの問屋をいきなり切るってのはどうも……」

「おいおい、そっちはもう済んだ話だったんじゃねえのかい？」

「あっちと張り合える値なら、考えるって言っただけだぜ」

八百徳の親父は手許を見ながら、ぐずぐずと呟いた。

「それに舟一艘分なんて、うちの店で捌きされる量じゃねえぜ」

「その辺りは、ちゃあんと考えてあるんだよ。これからちょいとつきあってくんな」

気乗りのしない八百徳を無理に引っ張って、二ツ目の橋を渡り向島へ足を向けた。

着いたところは、風流な佇《たたず》まいの大きな料亭だった。入口脇に『松風《まつかぜ》』と書かれた目立たぬ札が掛けられている。店の主は、おれの顔を覚えていた。

「たしか、浅吉さんといったね」

「へい、その節はご厄介をおかけしやした」

「いやいや、先生にお世話になっていることを思えば、たいしたことじゃあない。先生は達者にしておられますか」

「半月ほど前に、また旅に出て行きやした。あの師匠のことだ、どこぞの空の下で大の字になって、昼寝でもしてるでしょうよ」

おれと主人は一緒になって笑ったが、八百徳の親父は、とまどいぎみにこちらを眺めているだけだった。どうやら松風の凝った造作に、度肝を抜かれてしまったようだ。通されたのは一階の広い座敷で、開け放たれた障子の向こうには、鄙《ひな》びた風情を造り込んだ大きな庭が広がっていた。

「ひと月前ここを訪ねたとき、菜でも魚でも仕入値が上がってかなわぬと、おっしゃってましたよね。野菜の値なんぞは、このところ如何《いかが》ですかい」

松風の主人は、ほう、という顔つきをしたが、おれの問いには真面目に答えてくれた。

「相変わらずだ、というより日を追って悪くなる一方だ。こういうときのために野菜は三軒の青物問屋から卸させているが、まるで計ったように、三軒ともに値上げを仄《ほの》めかしてきたのだから始末に負えない」

松風の主人は一代でこの料亭を築いただけあって、かなりのやり手だった。常なら出入りの問屋は品ごとに決めるのが相場だが、煩《わずら》わしさを苦にせずに何軒かの問屋の値を比べ、ときには競わせて、仕入値を抑えている。そういう手腕のおかげで、この向島の他に本所と深川にもう二軒、料理茶屋を持っていた。

「それならお役に立てそうだ。この八百徳さんにも、こちらへのお出入りを許してもらえやせんか。もちろん、決して損はさせやせん」

早速、帳面をとり出すと、主人はおれのせっかちをいさめた。

「品も見ぬうちには何も進まない。菜の見立ては、やはり板場の者でなければな」

「そう思いやして旦那さんを待つあいだ、お持ちした野菜を板場に届けてもらいやした」

主は一瞬ぽかんとして、それから呵《か》々《か》と笑い出した。

「さすがは丹羽《にわ》先生のいちばん弟子だ。抜け目のなさは、あたしも負けるよ」

と、すぐに板長を呼んだ。板長が太鼓判を押すと、今度はじっくりと値をたしかめた。

「だいたい相場より二割安ってとこだが、正直これでは旨味が薄いね。知ってのとおり、うちは本所と深川にもう二軒ある。どちらも構えはここの半分ほどだが、仕入れはこの向島で仕切っていてね、結構な量になる。二割五分とは言わないが、せめて三分ほど負けちゃもらえないか」

「ようがす、二割三分で手打ちとしましょう」

間髪いれずに応じると、旦那はもう一度啞然《あぜん》とし、こりゃ一本とられた、と苦笑いを浮かべた。この先季節ごとに入用な品なぞもたしかめて、松風を後にした。

「おれっちみてえな小っさな八百屋が、こんな豪勢な料亭と商売ができるなんて、思ってもみなかった」

顔を上気させた八百徳は、古い問屋とのつきあい云々のことなぞ、すっかり忘れちまったようだ。

「あの値じゃ店売りよりかだいぶ利は薄いが、量を考えりゃ悪い話じゃねえからな。それよりな、八百徳さんよ。ここへ野菜を運ぶ舟を、仕立てることはできますかい？」

「舟だって？　そんなもん、葛西村の衆に運んでもらえば済むことじゃねえのかね」

「そいつは駄目だ。あの松風の旦那は、腕こきの商売上手だ。村の連中と会わせれば、早晩あんた抜きで、直《じか》に野菜を買いつけるに決まってる。いいかい、決して双方を会わせちゃならねえ。この商売は、あんたがあいだに立って初めて成り立つと、そう思わせなけりゃいけやせんぜ」

親父は目をしばしばさせながらも、朝にひと便だけなら、わずかな手間賃で見知りの船頭に頼めるだろう、と呟いて眩《まぶ》しそうにおれを仰いだ。

「兄さん、あんたこそなかなかの商売人だ。なによりこんなところに顔が利くなんて、てえしたもんだ」

「おれの知り合いじゃねえ、師匠の顔馴染さ。おれは訊《たず》ね人のことで、ここの前の仲居頭にちっと世話になったんだ」

その訊ね人が、他ならぬお吟だった。

浅草の『志《し》ま乃《の》』という料理屋で女将《おかみ》に納まっているときき、足を運んだが、そこは湯屋になっていた。それより先の手掛りもなく半ば諦めていたものが、師匠と一緒にこの松風を訪ね、お吟の昔の傍輩《ほうばい》に行きあたった。

「そりゃあ、上野の料理茶屋であたしと一緒に仲居をしてた、お吟さんじゃないかねえ。ええ、ええ、志ま乃って料理屋の女将だったたってよく自慢してましたよ。眉唾じゃないかと疑ってたけど、ほんとだったんですねえ」

三年前まで仲居頭をしていたというその女は、在所の川越から久々の江戸見物に出てきて松風に立ち寄ったのだ。

「正直、心安くつきあえる相手じゃなかったね。とにかく金に細かくてね、身銭は一文たりとも切らないんだ。夏でも冬でも同じ一枚の木綿物を着まわして、好きな酒だって客の呑み残しで済ますってけちん坊ぶりでさ。相当貯め込んでるに違いないって噂されてたよ」

お吟よりは七つ八つ下だという、年に似合わぬ紅を塗りたくった婆さんだった。

「何年か前に、両国橋でばったり会ったんだよ。なにせ久しぶりだろ、一度ゆっくり話でもしようじゃないかって誘ったけれど、あっちは気乗りのしないようすでね。こう言っちゃなんだが、あたしは松風の仲居頭だったろ、やっかまれたのか知れないね。三軒町に居るってだけで何をしてるとも言わなかったし、でも身なりを見た限りじゃあ、あまり楽な暮らしじゃなさそうだったね」

お吟が金貸しをやっていることまでは、その女は知らなかったようだ。

それがひと月前のことだった。

「ところで師匠って、いったいなんの師匠かね」

問われて八百徳の親父を振り向いた。

「金儲けの師匠さ」

八百徳はおれが煙に巻いたと思ったようだが、それは本当のことだった。

入梅前の閏《うるう》四月の空は、うららかに晴れていた。

「どいつもいい色艶じゃねえか。なんかこう、店までぱあっと明るく見えらあ」

八百徳の店先で、並んだ品を眺め渡す。

親父と一緒に松風に出向いたのが三日前、その日のうちに葛西村まで足を延ばし、ひと晩がかりで五人の百姓と膝詰談判した。まったく忙しい一日だったが、おかげで今日の初売りに漕ぎつけた。

「ちゃんと売れるかねえ。昨日までみたく、ちいとも売れんかったら、どうすればいいかね」

「早くも売れねえ心配かい？　そんなしょぼくれ顔で突っ立ってるだけじゃあ、たしかに見込み薄だがな。任せとけって、はずみがつくようなもんを手配りしてあるさ。ほら、おいでなすった」

通りの向こうから、小豆《あずき》色の着物が小走りに駆けてくる。

「ごめんなさい、遅くなっちまったかしら」

お照だった。細い首筋と額に浮かんだ汗が、日を受けて光っている。

「いいや、ちょうどいい頃合だ」

おれは八百徳に、お照を呼んだわけを話した。

「こりゃあたしかに、うまい漬け物だ」

夏蕪《なつかぶ》の切れ端を口に入れ、八百徳が舌鼓を打つ。

「うちの糠床は、婆ちゃんの頃からの年代物なんです。でもまさか、これがおまんまの種になるなんて思いもしなかった」

「で、どうだい按配は。うまいこと行きそうかい」

「はい、糠床を分けて少しずつ増やしてやれば、味を変えずにもっとたくさん作れるようになるって、おっかさんが。なんだかおっかさんのほうが張り切っちまって、甕《かめ》が増えたら、昆布や鷹の爪、山椒や黄粉《きなこ》なんぞの混ぜ具合で、味加減の違うものもできるって」

「そいつはいい、やってみてくれ。甕だの何だのの入用は、この八百徳さんが出すからよ」

「ええっ、うちが出すのかい」

「あのっ、糠はお金はかからないし、甕も三つ、四つあれば足ります。あとは野菜だけで」

「野菜はうちのを持ってきゃいいし、それならたいして元手もかからねえが」

涙ぐまんばかりのお照を前に、途方にくれた八百徳が、おれに首を巡らせた。

「漬け物なんぞが、八百屋の目玉になるのかい」

「目玉になるように、すりゃあいいのさ。そういやあ、大事なことを忘れてた。おまえさん、どこの生まれだい？」

「あたしは、根津ですけど」

いったいなんの関わりがあるのかと問いたげに、お照が小首を傾げた。

「江戸ん中じゃあ駄目だ。ふた親か爺さん婆さんに、生国《しょうこく》が遠い者はいねえのか？」

「死んだおとっつあんの生まれが、越後でした」

「よおし、決まりだ。それで行こう」

大きく一つ息を吸って、おれは往来に向かって声を張り上げた。

「さあさあ、寄っていきねえ、食っていきねえ。ここに並んだ漬け物は、そんじょそこいらのもんたぁ、わけが違う。なんと越後の漬け物職人が、七代かかって拵えた味だってんだから大変《てえへん》だ」

八百徳の親父が目を剝いた。お照も呆気にとられている。

「驚くじゃねえか、なんと二百年ものの糠床だよ！　二百年前《めえ》と言やあ、公方様は二代か三代か、振袖火事が起きたか起きねえかってえ大昔だ。そこの別嬪《べっぴん》のおかみさんだって産まれてねえ。あっちの爺さんだって、まだ種も仕込まれちゃいねえやな」

江戸っ子は物見高い。たちまちわらわらと集まってきた人の輪から笑いがもれる。

「漬け物職人なんざ、きいたことがねえぞ。その職人は、なんてえ名だい」

そこまではさすがに考えちゃいなかったが、ごく当り前のように叫んでいた。

「名は、越後の勘左衛門《かんざえもん》さね！」

「そりゃあ、鳥の名じゃねえのかい」

「たしかにな、鳥は勘左衛門と、相場が決まってらあ」

若い男二人が混ぜっ返し、どっと笑いが起きた。せっかくうまい具合に入った野次だ。これを使わない手はねえ。

「江戸じゃ馴染みがねえのも当り前。なんとこの勘左衛門てのはな、うまい漬け物のために代々精進に精進を重ね、七代目にしてようやく納得のいく味ができた。満を持して糠床を分け売りしたってえ寸法さ。江戸にもまだひと甕しかねえという代物だ。この八百徳でしか食えねえ味だぜ。おれの長《なげ》え能書よりか、食ってみるほうが早い。味見はただだ。さあさあ、どちらさんも味見してってくだせえまし」

おれとお照が手にした皿に、あちらからもこちらからも手が伸びる。

「お、本当だ、こいつは旨えや」

「二百年ものはやっぱり違うじゃないか。品のいいお味だねえ」

「じゃあ、大根一本おくれな」

「あたしは茄子を二本と、蕪ももらおうかね」

「ありがとうございます！」

お照の頬が染まり、目には露を含んだみたく、うっすらと涙が浮かんだ。

「おや、こっちの野菜も、ずいぶんとしゃっきりしてるねえ」

漬け物を頼んだかみさんの一人が、籠にならんだ品に目を向けた。

「おかみさん、お目が高い。ほんの数刻前まで土ん中に埋まってた、今朝採れたての野菜ですぜ。どうぞ味見しておくんなさい」

おれの目配せで、八百徳の親父があわてて鉢と丼をさし出す。中には茹でた空豆と糸三葉の浸《ひた》し、新牛蒡《しんごぼう》の叩きが入っている。味を見た客が、口々に旨いと言い合う。

「これまで置いていた菜とはひと味違うね。なにやら甘味があるし風味もいいね」

「へい、新しいもんだけ仕入れてみやした。値のほうも、精一杯負けさせていただいておりやす」

八百徳の親父の口ぶりに、俄かに熱が入る。

「そういやたしかに、前より安いね。あっちの店には負けるけど……」

と、呟いたかみさんが、腹を決めたように顔を上げた。

「この品なら数文増しの値打ちはある。牛蒡と空豆おくれ」

「あたしも空豆と葉芋、それから茄子をちょうだいな」

それから店先は、大わらわとなった。

八百徳はこの日、葛西村から仕入れた野菜を、菜っ葉一枚残さず売り切った。

「で、八百徳は七日続けて売り切り、貸した金を耳をそろえて返しにきたっていうわけかい」

お吟は新牛蒡のきんぴらを、忌々しげに嚙みしめた。

今日の店仕舞いを済ませ、三軒町へやってきた八百徳は、地面から三寸ほども浮いてるみたいに弾んでた。親父は幾度も礼を述べ、おれの手と婆さんの皺だらけの手とを交互に握りしめるものだから、婆さんは狐に化かされたような顔をした。

「まさか入江町の小娘にも、一枚嚙ませていたとはねえ。おまけにあの子の借金を、八百徳が肩代わりするとは、どういうわけだい」

曲りなりにも店持ちの八百徳と違い、お照にとって三分は大金だ。今日、明日に返せるような額じゃない。

「仔細をきいた八百徳が、形だけてめえの借金にすることを承知したのさ」

おれは証文を、お照の母親の名前から、八百徳に書き直しただけだ。金はお照が少しずつ、三軒町へ返しにくることになっている。

「八百徳にとっちゃ、勘左衛門漬けがそれだけ大事な商い物になってるってこった。毎日買いにくる贔屓《ひいき》客も多いんだとよ」

「勘左衛門漬けがきいて呆れる。嘘八百じゃあないか」

「方便と言ってくれよ。それより、ちゃんと日切りまでに、二件の借金は片をつけたんだ。約束どおり、おれを雇ってくれるだろ？」

飯を終えたのを見計らい、白湯を渡しながら婆さんの顔を覗き込んだ。

「例の御家人の一両がまだだろう」

「日はかかるが、あっちもちゃんとやるからよ」

品定めをするみたいに、婆さんはおれをためつ眇《すが》めつして白湯をすすった。

「毎度、毎度、八百徳や入江町みたいに手間をかけるつもりかい」

「にっちもさっちも行かねえ連中だけさね。振る袖がねえなら、拵えてやったほうが早《はえ》えだろ」

「金貸しが、ああも有り難がられちゃ世も末だね」

「もともとは困ってる奴を助けるための金だろう？　もっと有り難がられても罰は当たらねえ筈だ。因業《いんごう》だの守銭奴だのと恨まれるんじゃ、割に合わねえや」

「人助けだって？　冗談じゃない。こちとら商売さね」

「わかってるって、きっちり稼ぐよ。それでな、ちょいと考えてることがあるんだが……」

これから話が面白くなりそうなところへ、邪魔が入った。表戸を乱暴に叩く音に、やけに甲高い男の声が混じる。玄関を開けると、頭の天辺から一度踏み潰されたみたいな、不恰好な姿の男が、肩を怒らせて立っていた。お吟は殊更暢気《のんき》に声をかける。

「おや、入江の元締じゃないかえ。こんな夜更けにどうしなすった。どこぞで急ぎの取立てでもあるのかい」

「いましがた、お照のところに寄ってみたんですがね」

男は挨拶抜きで、いきなりお吟に詰め寄った。

「あの娘は、今日すっかり借金を返したと言うじゃないか。どういうことだね、お吟さん！」

「なんですって！　あたしにはなんのことだか……あ！　おまえ、浅吉や。おまえまさか、入江町のお照という女から、金を受けとったかえ？」

しゃあしゃあとお吟が抜かし、おれも大真面目で話を合わせる。

「たしかに昼間、お照さんて人から、ちゃあんといただきやしたぜ」

「ああ、ああ、なんてことをしてくれたんだね、浅吉や」

「証文どおり、利息もかっちり貰いやしたぜ。いったい何がいけなかったんで」

すっとぼけながら、笑いを堪《こら》える。潰れた蛙のような入江の元締が、月代からも顔からも汗を吹いてるようすが、蝦蟇《がま》の油を思い出させておかしくって仕方がねえ。

「すいませんねえ、入江の旦那。この若造は近頃雇い入れたばかりで、事の次第をなんにもわかっちゃいないんですよ。ひと言、言っておきゃよかったんでしょうが、なにせあの小娘に、よもや金を返す当てができるなんざ、思ってもみませんでしたからねえ。ですが証文を取られちゃあ、どうしようもない。ほんとになんと詫びていいものやら……」

お吟の饒舌な詫びも、あまり効き目はなかったようで、不機嫌をからだ中に滲ませながら男は三軒町を後にした。

「あれは入江町にある『山野屋《やまの》』ってえ搗米屋《つきごめ》の主でね、ちっぽけな店の割にずいぶんと貯め込んでいるらしく、相当手広く金貸しをやってるんだ。いまじゃそっちが本業みたいなもんで、本所深川界隈の同業の元締も引き受けているのさ」

たちの悪い借方なぞに当たったときは、同業の者に頼み皆で取立てに行く。そのまとめ役の男だと、お吟は言った。

「まあ、あれはあれで、元締としちゃあそれほど悪くはないんだが、女癖だけはなっちゃなくてね。目ぼしい女を見つけると、なかなかにしつこいんだよ」

「ひょっとして、お照を買おうとしてたのは女郎屋じゃなく……」

「ああ、あの男さ。あの娘がわざわざここまで来たのは、同じ町内で金を借りる具合の悪さじゃなく、恐らくあの男の噂を知ってたんだろう。もう何人も借金の形《かた》に、手籠めにされちまったからね。散々慰み物にして、飽きた頃に岡場所へ売り飛ばすんだ」

借金を人様に隠したいのは人情だ。そのせいか、同じ町内の金貸しに出向く手合いは、案外いないものだ。

「だけどこの界隈じゃ、どこで借りても元締の耳に入る。身動き取れなくなるほどに、あの親子の借金を嵩上げするよう頼まれたのさ。あの男には世話にならざるを得ないからね、断るわけにもいかなくて、どうしたもんかと思っていたのさ」

おれはお吟の横顔から目を逸《そ》らし、立ち上がった。

「明日、荷物を持ってここに越してくるから、よろしくな」

「まだ一件残ってるよ」

「おれを雇い入れたと、あの元締にそう言ったろ」

お吟の舌打が肩越しにきこえたが、おれはそのまま外に出た。

真っ暗で目が利かないが、辛夷の下に行くと勘左の気配があった。

「おめえはここを、気に入ったみてえだな」

辛夷の幹を叩きながら、見えぬ勘左に向かって話しかけた。

「なあ、勘左。本当の鬼婆だったら、騙すのももっと楽なんだがな」

勘左の声は返らず、入梅を思わせる湿った宵だけが、目の前に広がっていた。

お吟は当り前のように、北側の四畳半をおれに宛がったが、文句を言える筋でもねえ。蒸し暑い一日だったから、おれが晩の膳にのせた冷奴と青菜の辛子和えは、婆さんを喜ばせた。

満足げな婆さんが一服つけたとき、昨夜と同じに表格子が騒々しい音を立てた。

「まあた入江の元締でもお出ましになったのかね」

お吟の推量は外れた。血相変えて立っているのは、あの長谷部義正という御家人だ。

「頼む！　早急《さっきゅう》に五両、用立ててもらえぬか」

おれの顔を見るなり、叫ぶように切り出した。お吟が眉をひそめる。

「藪から棒に五両とは、いったいどうしたってんです、旦那」

おれが運んだ冷えた麦湯をひと息に飲み干すと、御家人は事の次第を語った。

「今朝早く、座頭《ざとう》が金を取立てにきてな、むろん我家に五両なぞなく、それならこの家のものを持っていくと騒ぎ立てた。それを母上が薙刀を振りまわし、追い払ってしまわれた。そうしたら午過ぎになって……」

と、語り手は、怪談噺《ばなし》でもしているような顔になった。

「座頭が十人ばかりも我家の門前に座り込んだのだ。太鼓や鉦《かね》を鳴らし、金返せ、金返せ、と念仏のように大声で唱え続けた。母上はいま一度薙刀を持ち出したが屈強な男三人が控えておってな、たちまち押さえられてしもうた。奴らは日暮れまでずっと居座り、金を返すまで毎日やってくる、しかも居座る数を日増しにすると申し立てた。わしは出仕しておった故、先ほどきき知ったばかりなのだが」

さすがの気丈な母君も、今度ばかりは参ってしまい、ご新造《しんぞう》ときては寝込んじまったようだ。明朝までに五両渡さねば同じ騒ぎが起きる、と長谷部様はがっくりと頭《こうべ》を垂れた。

「金貸しとしちゃあ、座頭はいちばんたちが悪いからね」

お吟は吐き捨てるように呟いた。

盲人には古くから検校《けんぎょう》を最上とする位があって、座頭はその位の一つだ。幕府は盲人お救いの建前で高利貸を認めていて、それが座頭金《ざとうがね》だった。連中は仲間うちの結束が固く、なにより御上の後ろ盾がある。その分取立ての容赦のなさは、市井《しせい》の高利貸の中でも群を抜いていた。

長谷部の旦那も万策尽きて、ここに駆け込んできたのだろうが、お吟は甘くない。

「五両と言やあ、うちのような小金貸しには屋台骨を揺るがすほどの大金だ。貸した一両も戻らぬうちから、さらに返る見込みのない金は貸せないね」

「そこをなんとか。ほれ、このとおり、おまえが言うておったものも用意した」

旦那は懐から書付をとり出し、おれの前に広げてみせた。そこにはあちこちからの借金の仔細と、家の賄いと家財の一切が記されていた。

「よくお作りなさいましたね、長谷部様」

「おまえが帰ってから、なにやら胸騒ぎがしてな。思えば虫の知らせというやつかもしれぬ。あれからすぐに取りかかり、ちょうど仕上げたところだった」

「なんだね、この途方もない借金の額は！」

書付に目を通したお吟が仰天した。しめて八十四両と二分一朱。小普請方の役料を、二年貯めてもまだ足りない。しかも利息だけで、年に十五両以上にもなる。

「よもやここまで借財が嵩んでいるとは、わしも思いもせなんだ」

御家人は深いため息をついた。

お武家というやつは、どうも金を賤しいものと蔑《さげす》む風潮がある。『武士は食わねど高楊枝』と言うが、あれは見栄や体面のことばかりじゃねえと、おれは思う。金への執着を忌み、その揚句に金に雁字《がんじ》搦《がら》めにされちまってる。それがいまの侍だ。

「話にならないよ。さ、お引きとり願いましょうかね」

お吟は鶏にやるような調子で、旦那を追い払いにかかった。

「明朝までに五両用立ててくれるところなぞ、とても見つからぬ。頼む、このとおりだ！」

御家人が畳に額をこすりつけた。それでもお吟は、ぷいと横を向いたきりだ。

「長谷部様、金貸し風情に土下座する気持ちがおありなら、手はあるかもしれやせん」

旦那の頭を上げさせた。この侍は、おれの忠言を真面目に受けてくれた。その素直な気立てを、おれは高く買ったのだ。

すぐさま一緒に屋敷へ向かい、家財一切の記された書付を片手に、暗い家内を駆けずりまわった。どうにか五両くらいにはなりそうな道具類を集め、風呂敷二つに包み、一つを旦那に持たせた。

「本当に、釜まで持って行くのか」

「下々《しもじも》じゃ、こんなこたぁ当り前ですぜ。朝、飯を炊いた釜を飯ごと質入して、その日一日稼いだ銭で夕刻請け出すなんてのもざらにある」

「そ、そういうものなのか……」

「ちょっと金回りがよければ、質屋を蔵代わりにしたりもする。冬のあいだは蚊帳《かや》や単衣《ひとえ》を、夏は綿入れや火鉢を質入すんだ。質屋なら虫も食わねえように始末してくれるし、具合がいいそうですぜ」

「なるほど、なかなかにうまい手だ。したが浅吉、この刻限に店を開けている質屋なぞ、本当にあるのか？」

藍の風呂敷を両手で抱えた旦那が、居心地悪そうに辺りを見まわす。こんな格好で夜道をうろついては、泥棒に間違われても文句は言えぬ。大方、そんな心配をしてるんだろう。

「お吟婆さんの馴染みの店だ、間違いはねえでしょう。夜の盛り場の近くにありやしてね、そういう店にとっちゃ、いまがかきいれ時なんですよ」

長谷部家の屋敷から、三軒町へ戻る道筋を辿り、六間堀を越え大川に出た。川端には御舟《おふな》蔵《ぐら》がずらりと並び、すぐ西の御舟蔵前町《おふなぐらまえまち》に目指す質屋があった。

「釜や火熨斗《ひのし》で五両貸せってのかい。そいつは無茶だ」

痩せぎすの初老の親父は、おれの開いた包みの中身に渋い顔をした。御舟蔵の西には、この御舟蔵前町も含め、岡場所がいくつもある。この質屋は、その客を見込んで遅くまで暖簾《のれん》を上げている。

「値打ちもんは、こっちの包みさ」

と、旦那に持たせていた風呂敷を開いた。女物の着物が三枚入っている。ご新造が嫁入りのときに持ってきたという代物だ。ご新造にはてっきり断られるものと思っていたが、おれが切り出すと、どうぞお役立てくださいと逆に頭を下げられた。座頭たちの仕打ちが、よほど応えたんだろう。

「ふうむ、たしかに良い品だが……五両とは、おいそれと出せる金子《きんす》じゃねえやな」

「お吟さんからきいてるぜ。構えは小せえが、この辺りじゃいちばん懐の重い質屋だとな」

「やれやれ、あの婆さんも余計なことを」

「持参した品で足りぬというなら、これも質入するゆえ何分よしなに頼む」

長谷部様はやおら腰から刀と脇差を抜き、親父の前に並べた。

「お腰が空じゃあ、明日からのお役目にも差し障りが出るんじゃねえですかい」

「たとえ木刀を腰に差すことになろうと、いまは金が先決だ」

すこぶる気合いの入った覚悟に、親父が頬をゆるめた。

「わかりやしたよ、お武家さま。五両は用立ていたしやしょう。このお腰のものは、お持ちになって。腰から夏風邪でもひかれちゃあ、こっちも寝覚めが悪い。どうしてもとおっしゃるなら、竹光の用意をしてからでも遅くはありやせんや」

当主が腹を括《くく》れば、道は必ず開ける。質屋から受けとった五両を握りしめ、座頭の家へと急ぐ旦那の横顔を盗み見て、胸の内でそう呟いた。


長谷部の屋敷へは、本業の合間を縫って半月ばかりも通いつめた。

まず手をつけたのは、借財の整理だ。長谷部家は完済した座頭を除いて、十六軒もの借財を抱えていた。借り高が多いのは札差と大店の太物問屋で、どちらもこの家とは何代も前からのつきあいだという。この二軒と親類縁者からの五軒で、およそ借財の半分となる。

残り九軒の貸し方は、商店、寺社、浪人から、後家に衆分《しゅぶん》と、まるで市井の金貸し番付のような有様だ。浪人や後家が営む金貸しを、浪人貸し、後家貸しといい、衆分は盲人の位の一つだから、これも座頭金と同じだ。どれも小口だが、お吟と同様、滅法利息が高い。三割、四割は当り前、ひどいところでは元金の倍以上の利息がついている。

番付を眺めているうちに、知った名前が目に止まった。

「長谷部様は、搗米屋の山野屋からも借りていたんですね」

お照を手籠めにしようとした、蟇蛙《ひきがえる》に似た金貸しの元締だ。

「山野屋は、この磯部《いそべ》つな殿に紹介されてな」

と、義正殿は、山野屋の隣に並んだ名を指差した。

「つな殿に二度目の融通を頼みに行ったところ、あいにく手許不如意ということで断られた。だが親切なお方でな、山野屋へ仲立ちしてくださったのだ」

仲立ちという言葉が、ひっかかった。

「……その仲立ちの労には礼金を？」

「むろん、お支払いした。つな殿はその借財証文に、印判まで押してくれておるからな」

義正殿に証文を出してもらい検《あらた》めた。磯部つなは、いわゆる後家貸しだ。公儀は盲人同様、浪人や後家の世過ぎのために高利貸しを認めている。磯部つなからは十両、山野屋からは七両二分を借り受けているが、二枚の証文を見比べているうちに、おかしなことに気がついた。

「この後家さんからの十両の証文には、やはり別の方の印がありやすね。これは？」

「それは谷中にある五福寺《ごふくじ》という寺の別当でな、つな殿を紹介していただいた折……」

「これも仲立ちですかい！」

思わず声をあげ、何を怒っているのか、と当惑ぎみの義正殿にたたみかけた。

「この寺坊主は、誰の紹介なんです？」

義正殿が、わずかに身を引いた。

「……それは、言えぬ」

「言えねえってこたぁ、やっぱり誰か仲立ちした者がいるってこってすね？」

かたくなに口許を引き結びながらも、上に馬鹿がつきそうな正直者の御家人の瞳がうろうろし出し、書付の上に落ちた。

「なるほど、同じくこの貸し方番付の中にいるんですね」

「そ、そのようなことは……」

「札差の『上総屋《かずさや》』でござんしょう？」

「どうしてわかった！　い、いや、そのう……」

まばらにのびた義正殿の月代から、汗が吹き出す。

「容易《たやす》いこってす。このやり方は、昔札差が好んで使った奥印金《おくいんきん》という手口と同じなんですよ。そうか、なるほどな……」

寺と後家と山野屋と、三枚の証文を眺め、上唇を舌で舐めた。

「どうやら上総屋は長谷部様の財産を、絞れるだけ絞りとるつもりのようだ」

義正殿は、きょとんとした。

「まさか、あの上総屋に限って……。上総屋はいつも丁寧に応じてくれるし、こう申してはなんだが、おまえたち高利貸より利息もよほど安いぞ」

おれは思わず、ばりばりと鬢《びん》をかいた。

「そいつは御上が定めた一割二分のことでございやしょう。おっしゃる通り札差は、表向きその利息でしか金を貸せねえ。だから上総屋は、御上の庇護を受ける寺や後家を使って、奥印金をせしめることを思いついたんでしょう」

手持ちの金子がないという建前で、札差が他の金主から金を借り、借用証に奥印を押して証人になる。それが奥印金だ。貸し方が札差の名でなけりゃ、御上が定めた利息を守らなくていい。これで恩着せがましく礼金まで取るのだから、たちが悪い。

「だいたい五福寺から山野屋まで、どれも返済の日切りがおかしいと思いやせんか？　質草は長谷部様の役料だから、お切米が給される日にすべきでしょう」

「それは各々の金主の都合で、その日切りでなくてはならぬと言われた」

「三軒とも、わざと期日を外してるんですよ。金を返させねえためにね」

「馬鹿な……いったい、なんのために」

「そりゃあもちろん、長谷部様の借財を増やして、てめえたちがもっと儲けるためです。こいつは月踊《つきおど》りと言いやしてね、やはり使い古された札差の手でさあ」

狼狽する義正殿に、おれはからくりを説いた。期日までに返せぬ折は、改めて借金証文を書き替えさせる。このとき新旧二枚の証文の日付をだぶらせて、ひと月分の利息を二重取りするのだ。もっとも月踊りは、町場の金貸しもよく使う手だった。

「ただし札差は、表だって奥印金も月踊りも使えねえんですよ。御上から禁じられておりやすからね」

いまからざっと六十年ほど前、田沼意次《たぬまおきつぐ》が老中《ろうじゅう》だった安永《あんえい》の頃、札差は一斉に取締まられて、七割の者が過料や叱りを受けた。それからこの手の阿漕なやり口は法度《はっと》となって、御上が札差に示した『銘々見世へ張出し置くべき書付』の中にも謳われている。

「上総屋は、表の禁じ手を裏で使っているんです。寺と後家と米屋がせしめた金は、裏で上総屋が吸い上げてるんすよ」

「あれほど金まわりのよい札差が、本当にそんな小金稼ぎのような真似をするのか」

義正殿が俄かに信じられぬのも無理はねえ。それこそ湯水のように金を使い、吉原や料亭に一夜で百両、千両落とした話もある。だがそれは全て、こういうこすっ辛い根性で札差どもが武家から巻き上げた金だった。

「とにかく寺と後家と山野屋を含めた九軒の小口借りは、一刻も早く片付けなきゃならねえ。おわかりですね、長谷部様」

我家の大黒が、実は口を開けて金を呑み込む大蛇だった。義正殿は、その大蛇をこわごわ眺めるような目つきで書付と証文を見下ろし、ゆっくりと頷いた。

まずは家財の一切を売り払う算段から始めた。あの勇ましい母君がいちばんの難物だったが、存外うまく運んだ。こいつは義正殿が、一転して強腰で押し切ったが、座頭に懲りたことも効いたようだが、ご母堂もここに来て観念したようで、先祖伝来の兜《かぶと》やお軸ばかりか、あの大事な薙刀まで売ることを承知した。

ここまでは序の口だ。箪笥、長持、鏡台なんぞの調度から、書物に着物、櫛《くし》、簪。この辺りまでは結構な値で売れるものだが、煙草盆、塗り椀、丼と、たいした額にもならない日々の暮らし道具まで容赦なく売っ払った。

本当はもっと売りたいもんが他にあった。十数脚もある脚つきの膳だの、何十枚もある皿なんぞだが、これは客を迎えるためになくてはならぬ物だという。

武家がとかく金詰まりになるのは、ここいらに理由《わけ》があるようだ。家格や役目によって、着る物から家来の数まで細かな決め事があり、違《たが》えることはできぬという。台所は火の車だってのに、年がら年中、祝儀や法事に明け暮れて、おかげで客はひっきりなしだ。まったくばかばかしいように思えるが、これをやめれば武家ではないんだそうだ。

裏長屋住まいよりゃ多少ましなくらいの品々だけを残して、入った金は三十三両余。これじゃあまだ足りねえ。考えてるうち、ご新造の小袖や簪なんぞを、ふいと思い出した。

「ひょっとしてご新造様のお実家《さと》は、なかなかにご内証が豊かなんじゃありやせんか？」

「豊かとはいかぬが、妻の父君は御納戸組頭《おなんどくみがしら》だから、たしかに我家よりだいぶ高禄だ。しかしその分出るものも多く、やはり内情は楽ではないようだ」

それでもおれは、奥方のお実家《さと》から八両を拝借するよう義正殿に頼み込んだ。同じ八両でも、四百俵の御納戸組頭なら百俵取りよか傷も浅いだろう。ただし大人しくしていた母君が、これには容易に首を振らぬからまたひと騒動だった。

「何事も、お家のためでございます」

義正殿のこのひと言で、どうにか黙らせることができた。

「嫁様のお実家《さと》からは、借り辛《づれ》えもんなんですかねえ」

あちこちの親類縁者からは金を工面してもらっているのに、ご新造の実家《さと》にだけは、一度も無心したことがないという。

「それもあろうが、この長谷部の家は、いまはしがない百俵取りだが、家格は妻の実家《さと》よりも高いのだ。母上はそれをなにより誇りにしておる故、拘《こだわ》りがあるのだろう」

まるで絵に描いた餅だ。だがそれもまた、貧乏故かもしれねえ。

しめて四十一両で、お吟を入れて九軒の高利貸からの借財は、全て返済できた。義正殿は大喜びだ。

まだ四十三両残っちゃいるが、五軒の親類縁者には、返す期日をとり決めて、代わりに無利息を承知させ、札差上総屋の十八両は、ご定法どおりの一割二分利息だから、こいつはまあいいだろう。あとは太物問屋からの借財だけだ。

「この太物問屋の『長門《ながと》屋』さんは……どういう経緯《いきさつ》で金を融通してくれたんで？」

長門屋からは、十五両を年利一割五分で借りている。

「なんでも長門屋の娘御が、二年ほど我家に行儀見習に来たことがあるそうな。もっとも曾祖母の頃の話で、その借財も祖父の代からのものだがな」

「証文の日付が文化四年ですからね、気の長いこって。しかし何十年も利息を払い続けるなんざ、もったいない話ですがね」

と、義正殿が妙な顔をした。

「……いや、たしか利息は一度も払っておらぬと……」

「なんですって！」

「父上や爺様のときはわからぬが……少なくともわしの代になってからは一度も……」

思わず見上げた天井が、ぐらりと回った。

「三十年！　三十年経ってるんすよ！　利息がそのまま溜まってるとすると、利息だけで四十五両すよ！」

「四十五両！」

暢気な義正殿も、ここにきて事の大きさに気づいてくれた。ようやく過ぎた鉄砲水が、また川を遡《さかのぼ》ってきたようなものだ。

「なんだって三十年も放っておくんすか！」

「……いや、相手が別に何も言うてこんから、そのままに……」

「わざとじゃないんすか？　利息が嵩張って得をするのは向こうですからね」

「いや、そのような輩には思えぬぞ。長門屋とは盆暮れの挨拶くらいのつきあいしかないが、いまの主人は、なかなかに良い御仁だ」

「旦那くれえ良い御仁なら、世の中全てそう見えるでしょうがね」

腹立ち紛れに、ついつい皮肉めいた調子になる。おれはてめえの甘さに腹が立っていた。利息の高い借金ばかりにかまけて、長門屋について問い質《ただ》さなかったのは、おれの手落ちだ。

「したが浅吉、藪をつついて蛇を出すようなことに、なりはしまいか？」

かんかん照りの両国橋の上で、義正殿がおれを振り向いた。すったもんだの揚句、長門屋へ様子見に赴くことになったのだ。

「ですから話の端々に、お天気の話でもするみてえに、さりげなく訊ねてくだせえ」

「うん、そうだな。なにせ三十年前のことであるし、先方も忘れているやもしれぬしな」

神頼みより当てにならぬ望みだが、おれもそれを願ってた。放っておくことも考えなくもなかったが、つついてみぬ限り、いつまでもその藪は気鬱《きうつ》の種になる。

大伝馬町にある長門屋は、裏に大きな土蔵を据えた立派な構えで、店にも活気があった。年の頃四十過ぎの主人は、ふいのおとないにいささか驚いてはいたが、

「近くを通ったついでに寄ってみた」

との義正殿の言葉に、かえって己の無沙汰を詫びた。なかなか目端の利く男のようだ。

「お暑うございましたでしょう。何もお構いできませんが、ひとつお楽に」

主人は冷たい麦湯と、これもよく冷えた瓜をすすめた。外は陽炎《かげろう》が立つほどの暑さだが、

中庭に面したこの座敷は、えらく凌ぎやすい。義正殿はおれのことを、いまのお役目を助《す》けている者だと、長門屋に告げた。

「まったく暑うてかなわんな。もういい加減涼しくなってもらわんと、まったくかなわぬ」

梅雨が明けたばかりだというのに、こんな頓珍漢《とんちんかん》な挨拶をされて、横に座すおれは頭を抱えたくなった。が、次の一言は、さらにいけなかった。

「拙宅では早くも土用干しを済ませてしまってな。そうしたらなんと、お主のところの借用証文が出てきたのだ」

おれはいますぐこの座敷を出て、日盛りの往来に駆け出したくなった。義正殿は藪をつつくどころか、すっかり丸刈りにしちまった。しかも、これをきいた長門屋は、

「ああ、あの十五両のことでございますね」

打てば響くように応えたものだ。元利合わせて六十両、こいつは万事休すというやつだ。

だが義正殿は、やはり痩せても枯れても武士だった。ひと息で身一つほども後退り、畳に両手をついた。

「すまぬ、長門屋。恥ずかしながら利息の四十五両はおろか、元金の十五両さえ、いまだに目処《めど》が立たぬ。しかし必ず返す故、もうしばらく……と言うのも厚かましいが、もう数年の猶予をくれぬか。この長谷部義正、身命を賭して誓い申す！」

しばし呆気に取られていた主人が、義正殿をあわてて制した。

「長谷部様、どうぞ顔をお上げください。余程のことでもない限り、お武家さまが町人風情に頭を下げるものではございませんよ」

「当方にとっては、余程のことなのだ」

「やはり長谷部様も、ご立派なお爺様の血をひいておいでなのですね」

肉の薄い長門屋の顔中に、豊かな笑みが広がった。

「あの十五両には、利息は一文もついていないのでございますよ」

「なんだと！　だが、この証文にはたしかに……」

義正殿が懐をがさがさ言わせ、とり出した証文を畳に広げると、長門屋は、ちょいとお待ちを、と中座して、仕舞い込んでいた証文を手に戻ってきた。

「これは……」

おれも義正殿も、その証文に言葉を失った。

文化四年の日付も、紙の黄ばみ具合までもが同じ証文だが、一つだけ違う。利息一割五分の上に朱引きがなされ、その横にやはり同じ朱で、『此条御無用之由』とある。

「これは先代であるあたしの父親が、長谷部様のお爺様に都合したものですが、先代は最初から貸すのではなしに、失礼ながらさし上げるつもりでいたのです。先代はお爺様にはたいそうお世話になったそうで、芯のない蠟燭《ろうそく》のように、がわだけのお武家が多い中、誠に侍らしい気性の真っ直ぐなお方であったと、心服しておりました」

先代が大口の得意先を摑んだときのことだ、と長門屋は言った。その得意先が別の太物問屋の客だったことから怨《うら》みを買い、間もなく雇われやくざが毎日のように店先で嫌がらせを始めるようになった。

「それがある日を境に、ぴたりと止まりました」

義正殿のお爺様が、そのごろつきどもに灸をすえ、もし今後長門屋に手を出したら命はないと思え、と商売敵の店までねじ込んだのだ。

「そういえば爺様の剣術の腕前は、わしもきいたことがある」

と、すっかりくつろいだようすで、瓜を手にした義正殿が応じた。

「お爺様はそれを一言も口になさいませず、長いあいだ親父は何も知らずにおりました。ところがそれから半年も経った頃、その商売敵は別の不届きでお縄になったのです。御上の調べで他の悪事も暴かれて、この長門屋への悪さも露見しました」

長門屋に出入りの岡っ引きが、お爺様の骨折りを含めた経緯を知らせてくれたそうだ。

あわてて礼に出向いた長門屋の先代に、

『母上がひどく案じておられたもので、余計な節介をしたまで』

お爺様はそう返しただけだったという。

「あのときの照れたような笑みは忘れられないと、親父は幾度もくり返したものです。以来先代はお爺様と、しばしば酒を酌み交すような親しいおつきあいをさせていただきました。この十五両も、お家のためではなく、お爺様の元の上役様が厄介に巻き込まれ、その始末のために入用だったときいております」

元上役なのだから、出世のためでもなかったそうな。それでも施しは受けられぬ、と証文を入れたのだという。

「商いと一緒にこの証文を引き継いだとき、念を押されました。お爺様もお亡くなりになったいま、この証文のことをあちらは忘れておられるかもしれぬが、それでよいと。これは借金証文なぞではなく、先代とお爺様の、在《あ》りし日の思い出の品だと」

縁側から簾《すだれ》越しに差し込む光が、その思い出に落ちていた。

「立派なお爺様だったんですね」

長門屋からの帰り道、両国橋の上だった。西日に照らされた大川の水面《みなも》も、少し前を歩く義正殿の茶の薄物も、同じ色に輝いている。

「わしが物心つく前に急な病で他界してしまったもので、わしはあまり覚えておらんが、そのようにきいておる。殊に母は、誰よりも祖父を自慢にしていた。婿に入った父には、とんだ災難だったかもしれぬがな」

義正殿は朗らかに笑ったが、薙刀を振りまわす母君の気持ちが、少しだけわかったようにも思えた。

「考えてみたら、おれ、母上様にも旦那にも、失礼なことばかり言っちまって……堪忍しておくんなさい。お武家さまにはお武家さまの、本分てもんがある。おれはそいつを、ちっとも思いやっちゃいなかった」

長門屋の温情は、武士として生きたお爺様の心意気によるものだ。孫の義正殿もまた、元金の十五両だけは必ず返す、と長門屋に言い置いてきた。二言目には金、金と騒いできた己の小賢《こざか》しさが、ひどく恥ずかしかった。

「なにを言うか、浅吉。おまえがおらなんだら、わしは一生、長門屋の証文から目を背《そむ》けていただろう。それは二代に渡る長門屋の厚情に対し、恩を仇で返すようなもの。そのような不義理をせずに済んだは、全ておまえのおかげだ。改めて礼を言うぞ」

落ちて行く日の黄金《きん》色が、義正殿の顔を明るく染めていた。

三

おれの周りだけ、急にお天道さまの巡りが早くなった――。

そう思えるほどに、一日が早かった。夏も秋も飛ぶように過ぎちまって、いつの間にやらもう冬になろうとしている。

「人を雇って忙しくなるようじゃ、てんで割に合わないよ」

算盤《そろばん》を弾きながら、お吟が悪態をついた。ここ最近の、婆さんの常套句だ。

「あたしゃ前よりか、三倍は働かされてるよ」

「いいじゃねえか、その分、客も三倍、儲けも三倍だ」

「だいたいおまえが一日中、外をほっつき回ってるのが気に入らないね。金貸しなんてもんは、焦げつき証文が上がったときだけ、客んとこへ出張るもんだよ」

「証文を焦がさねえようにするのが、おれの仕事さ。じゃあ、行ってくらあ」

「せめて毎日びた銭を取立てに行くような真似は、とっととやめちまいな」

婆さんの捨《す》て台詞《ぜりふ》を背にしょって、家を出る。途端にひんやりとした冷たさが肌を刺し、ぶるりと胴震いをした。身を縮めたおれを笑うかのように、辛夷の上で勘左が鳴いた。

「おめえだって、その禿げ腹じゃあ寒いだろうに、見栄張るんじゃねえや」

憎まれ口を叩いておいて、小名木川沿いの海辺大工町《うみべだいくちょう》に向かった。

「浅さんお早う、今日もいい男っぷりだねえ」

すっかり馴染みになったかみさん連中から、挨拶代わりの軽口が飛び、金を貸している振り売りの女房が笑いながら顔を出した。

「浅さんは毎日うちに来てくれるんだ。気安く粉かけるのはよしとくれ」

「粉をかけるのは男のほうだろうさ。あんたんところの借金は、まだあるんだろう？　もうしばらくは、毎日こうして浅さんを拝めそうだね」

ここにはもうひと月ほど通っている。波銭一枚、たった四文を受けとるためだ。

「それなんだが、これからは毎日じゃなく、三日に一度にしようかと思ってるんだ」

「なんだい言ってるそばから、つれないじゃないかね」

当の女房とは別の女が、茶々を入れる。

「ご亭主もすっかり調子が戻ったようだし、今朝ももう商いに出てるんだろう？」

「おかげさまでね、いっときは随分と気を揉んだがね」

この女房の亭主は、暑気当たりから少し具合を悪くして、それからどうにも商売に熱が入らなくなった。たぶん、かるい気鬱の病だったんだろう。

「浅さんが毎日来るもんだからさ、おちおち寝てもいられなくなったんだろうよ」

「そいつはご亭主の朝寝の邪魔をしちまったかな」

「納豆売りがかき入れどきに布団に潜ってちゃ、商売にならないよ。今日でもう十日ほどになるかね。毎朝出掛けて行くようになったよ」

「だったらもう大丈夫だ。期日どおりの返済でも構わねんだが、おれもここに来ておかみさんたちの顔を見るのは楽しみだ。三日に一度は通わせてくだせえ」

「またうまいこと言うじゃないか」

「あんたんとこの借金がなくなったら、今度はうちが借りようかね。浅さんとこから金を借りりゃあ、家運が上がるって他所《よそ》でもきいたからね」

どっと笑いが起きたのを汐《しお》に、次の借方へ向かった。同じような通い先は、十軒を楽に越える。お吟が文句をつけるのも道理で、手間はかかるが見返りも大きい。

金貸しは最初から、いくらかの貸し倒れは見込んで商売をしている。お吟もやっぱり、一割から二割程の厄介な借方を抱えていた。初めにおれにおっつけた三件がそうだ。

烏金ならその日の稼ぎから返済するから、雨風にたたられなけりゃ大概戻ってくる。貸し倒れになるのは得てして、期日の長い日済、月済と節季貸しだ。借金が返せないのは、金高がふくらむからだ。ふくらむ前に返済させちまえばいい。どんなに貧乏してても一日数文なら払える筈だ。おれはそう考えた。

まず日済は期日を延ばし、月済と節季貸しも日済に借り替えさせて、一日に払う金高は、十文を越えぬようにした。そして返済を待つのでなしに、借方に毎日足を運んだ。

もちろん全てじゃなしに、危ないと思える借方だけだ。金貸しに毎日来られちゃ具合が悪いから、初めは嫌な顔をされる。だが、おれが毎日ついでに寄るから半月ばかりやってみねえかと頼むと、借り手の弱さで渋々ながら承知する。十日も続くと相手も慣れてくる。朝、顔を洗うみたいに、おれに波銭一、二枚渡すのが当り前のことに思えてくる。こうなればしめたもので、時期を見て二日置き、三日置き、と日にちを置けるようになれば、こっちも楽になる。ただし日を置き過ぎては駄目だ。一回の返済が五十文を越えると、途端に返す気が失せるものらしい。

やってみてわかったことだが、日済には別の利もあった。

まず取立てのついでに、何かと相談に乗ってやれることだ。暮らしの切り詰め方から、商いの工夫まで、ほとんど愚痴ばかりのことも多いが、おれはできる限りつき合うようにしている。まとまった借金を抱えた奴は、まわりが考える以上に負い目を感じているものだ。己の不甲斐なさを思い詰めると、それこそ坂をころがるように駄目になる。借金てもんが、負い目から暮らしの張りになるよう仕向けるのが押さえどころだ。だからなるたけ晴れ晴れしい顔で、得意先に注文を取りにきた御用ききみたく振る舞うようにしている。

あの納豆売りの女房だって、最初はおどおどしていた。周りに知られやしねえかと、おれがいるあいだ中、始終びくびくしてた。だがかみさん連中と借金を種に笑い合うようになれば、ずっと気持ちも楽になる。おまけにああして広まれば、いい呼込みになる。おかげで近頃じゃ、婆さんが悲鳴をあげるほどの繁昌ぶりだ。

とはいえ、ひと筋縄ではいかぬのが、借方というものだ。返す当てがなければ、こっちの働きかけも効を奏すが、世の中には返す気のねえ輩もいる。

「いや、本当にすまねえ。今日こそはと思っていた矢先、こんなことになっちまって」

永堀町の鋳掛《いかけ》屋は、大仰なほど厚ぼったく布で巻かれた左手を掲げて、頭を下げた。鍋釜を修繕していて、商売道具の金槌で指を打ったという。手間賃を踏み倒された、道に落とした、掏摸《すり》にやられた。鋳掛屋は半月のあいだ、実に様々な御託を並べたてた。三十前の独り者で、身なりも人当たりも悪くない。あのお吟でさえ、この上辺に騙された。

「薬やらなんやらで、あっという間に文なしで」

「そいつは難儀なことでござんしょう。せいぜい養生しておくんなさい」

こいつは見かけによらず腹黒い。以前よその金貸しが手荒な真似で取立てようとしたが、逆に乱暴狼藉《ろうぜき》を御上に訴えられて、えらい目に遭っている。

並の脅しは通用せずとも、野郎にも泣き所はある。

おれは長屋を出ると、物陰でしばらく待った。思ったとおり半刻後、鋳掛屋は鞴《ふいご》や道具を載せた天秤《てんびん》を担いで出てきた。いつも商売している深川界隈を素通りし、大川を渡る。そして両国広小路にほど近い、日当たりのいい町屋の一角に陣取った。

「やっぱりな」

当り前のように左手の布をとり去る姿にほくそ笑み、その場が見通せる蕎麦屋に腰を据えた。夕暮れ刻、商売を終えた男は、また痛くもない場所に手当を始めた。

「せっかく治ったたってのに、またぶり返したんですかい」

男は、あっ、と叫んで、途中まで布を巻きつけていた、その形のまま固まった。

「今日の稼ぎ、千と百三十一文、有り難くいただきに参りやした」

「あんた、まさか、ずっと……」

「博打狂いってなぁ、そのっくらい信のおけねえもんですからね」

この鋳掛屋は一年ほど前から手慰みを覚え、稼ぎを全て注《そそ》ぎ込み、それでも足りずに拵えた借金だ。博打の元手を得るために、商売には必ず出る。そうと踏んで、今まで張りついた。

おれは布が垂れたままの腕を取り、手首をきつく握った。

「い、痛《いて》え！　手荒なこたぁ……」

「これからずっとご一緒させてもらうつもりの、これはほんのご挨拶でさあ」

声音にどすを利かせ、さらに手首を締めた。鋳掛屋が、大袈裟な悲鳴をあげる。

「なに、あんたの腕ならひと月も稼げば借金もなくなる。それまでの辛抱だ」

色、酒、博打。この三欲は、なにより厄介だ。それでも、ものは考えよう。治らぬ病なら、それを逆手に取らせてもらう。

「けどそんなに賭場から遠ざかりゃあ、勘も鈍っちまいやすよね」

「そ、そうなんだ、あんたよく、わかってるじゃねえか」

怯《おび》えの溜まった目に、ちらりと明るい色が浮いた。

「だからね、こうしやせんか？　取立ては三日に一度、七百文。今日みたく商いが終わる頃いただきに来やす。これなら残り二日分の稼ぎで遊ぶこともできる。その代わり一度でも違えたら、明石の蛸《たこ》みてえにおれに張りつかれ、賭場への出入りもお釈迦になる」

この男には、なによりきつい仕打ちの筈だ。鋳掛屋はしばらく懸命に頭を巡らせていたが、諦めたか悪くないと思えたか、半端の四百三十一文を抜いた銭をさし出し承知した。

こいつ一人のために、半日以上も棒に振った。無駄なようにも思えるが、お吟のところは踏み倒しができぬと、そんな噂さえたてば、この手のたちの悪い連中を遠ざけられる。

「こっちがほんとのおれの顔か」

脅し文句なんて、久しぶりだ。知らずに声に出していた。

お吟がどのくらい貯め込んでるか、おれにはたしかな額はわからない。帳付けだけは、婆さんが一手に引き受けて、おれに見せようとしないからだ。

最初のうちは、因業婆なら五十両はありそうだと目算していた。だが長谷部の義正殿が金を借りにきた晩、五両で屋台骨が揺らぐ、とお吟は言った。正直あんときゃ、からだ中から力が抜けた。お吟の言葉を信じるなら、持ち金は十両、二十両がいいとこだ。

そんなもんじゃ話にならねえ。あの晩からおれは、お吟の金を増やそうと心に決めた。

そのための商売だから、利息はお吟が一人でやっていた頃より、少しも下げていない。場合によっちゃ、ちっとばかり上乗せしているくらいだ。

他人に愛想を振りまきながら、お吟の上を行く因業を働く。その付けは、いつか必ず取立てられる、そんな気がしてならない。なんの前触れもなく、いきなりすとんと大穴に落ちちまうんじゃねえかと、そんな恐さがいつもある。

気づけば、もう暮れていた。一日ごとに日が短くなる。いまにも闇に沈みそうな往来で、見えぬ大穴に嵌《は》まらぬよう、足許ばかり見て三軒町へ戻った。

家の手前まで来ると、勘左がお帰りと鳴いた。その声で、ようやくほっとする。

「勘左、土産だ」

辛夷の上目掛け、白い小石を放り投げた。相生町の長屋で、甘酒売りの娘がくれたおはじきだった。鳥には暗過ぎる時分かとも思ったが、すういっ、と流れるように飛んだ勘左は、小石を咥《くわ》えどこかへ飛び去った。

「いったい、どこに隠してるんだか」

呟きながら考えていたのは、勘左の宝物の隠し場所でなしに、お吟の金の在《あ》り処《か》だった。

小銭の入った箱は、婆さんが居間に使っている八畳間に置かれていたが、多いときでもせいぜい二両分ほどの銭しか入っていない。たまに大口の金を貸すときは、一日待ってもらい翌日渡す。それがどこから出てくるものか、どうしてもわからねえ。押入の行李《こうり》の底、台所の梅干の甕、床下から庭の隅々まで探しまわったが無駄だった。案外あっさりおれを家に住まわせたことから、どこか他所にあるものかと、幾度か出かける婆さんの後を追ったりもしたが骨折り損だった。

「あの鳥、勘左って名前にしたの？」

思わずぎくりと立ち止まった。考え込んでいたもんで、人がいるとは思いもしなかった。

玄関前にいたのは、お照だった。

「よく慣れてるのね」

「いや、別に、気が向いてちょいと遊んでみただけだ」

咄嗟《とっさ》のことで、おれはあわてた。

「いつもここの辛夷にとまってる鳥でしょ。お腹に白い模様があるから、覚えてるの」

勘左がおれの連れてきた鳥だと、お吟に知られるのはまずい。あの浪人の抜刀騒ぎの一件より前に、勘左はこの辛夷によくとまっていた。おれがお吟を半月ほどつけまわしてるうちに、勘左はここを根城にしちまったのだ。

「ふふ、鳥の勘左衛門か。漬け物名人と同じ名ね」

腸《はらわた》がきゅっと絞られる。

「……鳥に居着かれるなんて、験《げん》が悪いだろ。ときどきああして追っ払ってやるんだが、知らぬ間に戻ってきちまうんだ」

そうだったの、とお照は無邪気に笑い、紙包みをさし出した。お照は十日に一遍くらいは、金を返しに三軒町を訪れる。

「はい、いつもの勘左衛門漬け。代わりばえしなくて悪いけど、今日はね、初めて蓮根を漬けてみたの」

「へえ、そいつはうまそうだ。いつもすまねえな。けど、こんな暗くなってから、若い娘が出歩くもんじゃねえ」

下を向いたお照が、消え入りそうな声で呟いた。

「……だって、この前も、その前のときも、浅吉さん居なかったから……」

未だに島田に結わず、銀杏《いちょう》潰しのままのお照は、どこか幼く思えて油断していた。

お照はたぶん、ここでおれが帰るのを待っていたんだろう。

「遅くなると、おっかさんが心配する。家まで送ってくよ」

月のない晩だった。お吟の家には、提灯《ちょうちん》なんて奢《おご》ったものはない。辛うじて残っていた暮れ色も、竪川へ出る頃には消えていた。いくらも行かぬうち、お照が何かにつまずいた。

「摑まってな」

さし出した左腕の、肘《ひじ》の辺りをそっと摑まれる。歩き出そうとすると、お照の別の手が、おれの手の中に滑り込んだ。冷たく小さな手触りに、思いのほかうろたえる。肩を並べて竪川沿いを、あまり話もせずに歩いた。昼間あれほど滑らかだったおれの口は、重く塞がったままだった。

入江町の長屋の木戸口まで来ると、おれは言った。

「もうこんな遅い刻限に、出歩くんじゃねえぞ」

「でも、それじゃあ……」

「わかったな」

遮るように念を押し、踵を返した。お照の目が背に刺さるように思えたが、後ろも見ずに大股で竪川へ出た。余計な気を利かせた月が、ようやく厚い雲間から顔を出した。

三軒町へ辿り着くと、小石をどこやらへ埋めてきた勘左は、辛夷の枝に戻っていた。

今度はお帰りと鳴かず、じっとおれを見下ろしている。

「わかってるさ、勘左。色恋なんぞにかまけてる暇はねえ。なにしろおれは……」

お吟の金をかっさらったら、とっとと三軒町《ここ》をずらかるつもりだ。

「長居するつもりはねえ。もうしばらくの辛抱だ」

こちらの気持ちを量るかのように黙ったままの相棒に、おれはもう一度念を押した。

四

山がちなおれの田舎より、江戸は暖かいときいていた。ただ一つの勘定違いは、おれが歩く金貸しになっちまったことだ。振り売りさえもまばらな今日のような日でも、お吟の商売に休みはない。

「こう寒くっちゃ、かなわねえや」

がたがた震えながら、かじかんだ手を長火鉢にかざした。今年いちばんの冷え込みの上、一日中木枯しが吹き荒れて耳がもげそうになった。

「もうすぐ師走なんだから、寒いのも当り前さ」

と、お吟は、湯気のたつ味噌汁を丼によそってくれた。

来た当初は、飯炊きも掃除もおれの役目だったが、朝から晩まで外回りに費やすようになると、なんとなく家の中のことはまたお吟がやるようになっていた。そのことで別段文句も言われなかったのは、そろそろ遠くまで出歩くのが難儀になってもいたんだろう。

熱い味噌汁をすすると、ようやく人心地がついた。豆腐の汁に、油揚げと青菜の煮浸しがついていた。おれとしても火の気と晩飯のある家に帰れるのは、なにより有り難い。

「そういや、おまえに便りが届いてたよ」

温まり始めていたからだが、また粟立《あわだ》った。弟に何かよからぬことでも起きたものか、まずそれを案じ、それからお吟に正体がばれちまうことを危ぶんだ。

話の端々で探りを入れてみたが、おれたち一家のことが、お吟の口にのぼることはなかった。すっかりと忘れちまってるか、思い出したくねえか、そのどちらかだろう。思えば弟からの便りが、ここに届く筈もない。

「誰だい？」

ひどい金釘文字で、『橋場町梅の木長屋伍兵衛《ごへえ》』と差出し人の名がある。

おれ宛の便りなぞ初めてだから、お吟も興を惹かれたんだろう。

「前に一緒に大鋸挽してた奴さ。神田を焼け出された後、橋場町に落ち着いたらしい」

予《あらかじ》め膳立てしてあった嘘が、すらすらと口をつく。

手紙を読んで、ふっと笑いがもれた。

「なんて言ってきてるんだい」

「いや、丹波の栗が届いたから、食べに来いってさ」

本当にそれしか書かれていなかったから、おれは紙切れ一枚の便りをお吟に見せた。

「また汚い字だねえ。もう一遍、手習いに通うよう言ったほうが親切ってもんだね」

憎まれ口を叩きながらも、お吟は都合がつくようならいつでも行っていいと許し、小遣い銭までくれた。おれも随分と、株が上がったらしい。

その二日後、木枯しが収まったのを見計らい、おれは橋場町へ出向くことにした。

「おめえも一緒に行くかい。そろそろ梅の木が懐かしいだろ」

出掛けに勘左に声をかけ、右手を招くように二度振った。ついて来いという合図だ。これをしない限り、勘左がおれを追うことはない。日頃はおれが借方を駆けずりまわっているあいだ、勘左はどこやらで餌でも探し、夕暮れどきに辛夷の住処《すみか》に帰ってくる。

勘左は承知したらしい。ぱっと羽を広げ、高く舞い上がった。ついて来ると言っても、後ろにべったり張りつくような真似はしない。ふと気づけば近くにいるといった按配だ。

「ちょいと寄り道するが、構わねえだろ」

と、空を仰いだが、勘左は遠くに浮かぶ黒い点にしか見えなかった。

橋場町は、素焼きで知られる浅草今戸の北にある。隅田川を越えるには、向島とのあいだを行き来する橋場の渡しを使った。着いたところは、背後に長閑《のどか》な田畑の広がる、小ぢんまりとした風流な寮だった。

「よくいらっした。久しぶりだね、浅吉さん」

おれの到来を、枝折戸《しおりど》の前で寮番の親父が待っていた。

「たいした神通力だ、親父さん。おれが来ると、どうしてわかった」

「いましがた、早飛脚が知らせてくれたのさ」

示された庭の梅の木に、勘左がすましていた。

「やれやれ、いつの間におれを出し抜いたんだか」

「先生も首を長くしてお待ちかねだったよ。生憎《あいにく》と今日はまだお戻りではないがね、相変わらず毎日、弟子先を飛びまわってらっしゃるよ」

この寮は、おれの師匠の江戸での定宿だ。日本橋通町《にほんばしとおりちょう》の大きな塗物問屋のもので、かつて住んでいた隠居は、師匠のお弟子の一人だった。隠居は二年前に身罷《みまか》っちまったそうだが、その遺言で、いまでもこうして親切な寮番夫婦の世話になっている。

「おやまあ、あたしらの分まであるんですか。まあ、綺麗だこと。食べちまうのが惜しいようですね」

座敷に通され持参した折詰を渡すと、かみさんは相好を崩した。

「おや、先生のお戻りのようだね」

かみさんが言う前から、よく響く法螺貝《ほらがい》みたいな声で、すぐにわかった。

やがて四角い坊主頭が、にょっきりと障子の陰から突き出した。

「おおっ、久しぶりだな、浅吉！　達者なようすでなによりだ」

「おっさんも、相変わらずのでかい声で、なによりだ」

「これ、浅さん、失礼じゃないか。それに、おっさんはそろそろやめて、先生とお呼びするもんですよ」

おれの挨拶を、かみさんがきき咎《とが》める。

「前にも言ったけど、お伴に始終、師匠だの先生だの呼ばれるのはかなわねえと、このおっさんの注文だぜ」

「はっはっはっ、そのとおりだ。まあ挨拶なぞ後回しにして、まずは酒だ。おっ、こりゃあずいぶんと奢った肴じゃないか」

「松風の旦那さんが、よろしくとの仰せでした。近々、丹波の栗を食べにくるそうです」

途中の寄り道先は、向島の料亭、松風だった。野菜商いのようす見がてら、師匠の戻りを伝えると、旦那は大層喜んで、立派な折詰を三つも持たせてくれたのだ。

「そうかそうか。我ながらなかなか洒落た文句だろう？」

「梅の木長屋はよかったな」

「そうだろう？　勘左も、無事な姿を拝めて嬉しいぞ」

師匠への挨拶は既に済んだらしく、座敷から見える勘左は、羽繕いに夢中になっている。

おれは去年の末から三軒町に移るまでの三月半ほど、ここで暮らしていた。お吟の前で、わざわざ嘘をついたのは、春先に神田で大火事があったからだ。焼け出されたことにすれば、お吟の家に住み込むよい口実になる。

「お吟婆さんはあの手蹟《て》を見て、もう一遍手習所行きだと言ってたよ」

「はっはっはっ、どうやら口の悪い婆様のようだな」

おっさんの笑い声に驚いて、梅の木の上で勘左がびくりとする。

この人はとにかく、声がでかい。殊に笑い声は半端じゃない。三丁先まで響く大声で、がっはがっはとよく笑う。声だけじゃなく、目も鼻も口もでかい。背はおれと同じくらいだが、肩が広い分大きく見える。決して肥えちゃいないが、固太りのような毛深いからだに、いつも五分ほどに伸びた坊主頭と無精髭は、春先に出てくる貧相な熊みてえだ。

外見《そとみ》からは思いもつかないが、師匠はこれでも結構名の知れた算術家なのだった。名を、丹羽九厘《にわきゅうりん》という。歳は三十四だが、だいぶ老けて見える。

丹波の栗は、師匠の名をもじったものだ。相模《さがみ》の生まれで元は武士という他には、関《せき》流の流れを汲《く》む算術家とだけきいている。関流は、百年以上も前の関孝和《せきたかかず》という大家が始めた算術の一流派だ。

師匠は諸国を巡りながら算術を教える、旅の算術家だった。算術好きというのは存外多くて、どんな田舎でも、まず宿と飯に困ることはない。寺の坊主だの村の庄屋だのどこぞの藩士だのが、喜んで師匠を泊め、算術の教えを乞うた。この寮の主だった塗物問屋の隠居のように、江戸にもおっさんの弟子はたくさんいる。

かくいうおれもその一人で、江戸に来るまでの半年余り、師匠のお伴をして一緒に旅をした。そんなに長く傍にいた者は他にないそうで、剣術で言えば師範代のように思われて、他のお弟子たちからは一目置かれちゃいるが、おれの算術の腕前なんぞ高が知れている。

「いやあ、おまえがおらぬと何かと不自由でなあ。道にはよう迷うし、酔い潰れても背負ってくれる者もおらん。どうだ、またわしと一緒に来ぬか」

「御免蒙《こうむ》りますよ。おっさんとの道中は、気の休まる暇がねえや」

「つれないことを言うな。おっ、この白身の西京焼きはまた、たまらぬな。さすが松風の料理だ。酒が止まらぬわ」

「塩や味噌だけで一升かっ食らうんだから、別に肴のせいじゃねえでしょう」

おれの物言いを、酒を運んできたかみさんが、またたしなめる。

「こっちの文句を気にするようなお人なら、はなっから苦労はいらねえよ。おかみさんだっ

て知ってるだろ。このおっさんは、すこんっ、とどっかが抜けてんだ。算術を除けば、まるででかい子供を連れてるようなもんだ

「よいよい、わしは細かいことは気にせんたちだからな」

師匠は何を言われても、がっはがっはと笑っているだけだ。

「もうちっと、気にしたほうがいいっすよ」

憎まれ口ばかり出ちまうのは、本当はおれもまた、師匠と一緒に旅に出たいと思っているからだ。お吟のことも金のことも、親父の恨みもみんな忘れて、一生このおっさんと旅ができたらどんなにいいだろう、と心の底で願っているからだ。

師匠と初めて会ったのは去年の田起こしの頃だから、もう一年半ほど前になる。

「おっさん、何してんだい?」

おれの在所の寺だった。絵馬堂の隅に立ち、もう長いこと鴨居の辺りを見上げているのを不思議に思い、声をかけた。

「いや、なに、この問がなかなかに面白うてな」

振り向きもせずに答えた、それが師匠だった。ぶつぶつと口の中で呟きながら、右手の人差し指を筆に、左の掌を紙にして、何かを書き続けている。

四月初めにしては、風の冷たい日だった。丘の頂きに建つその寺は殊更風が強く、屋根を置いただけの吹きさらしの絵馬堂は、長居するには具合のいい場所じゃない。袷《あわせ》の前をかき寄せて、再び訊ねた。

「これ、なんだい？」

おっさんが見上げている物を、一緒に振り仰ぐ。それは、横に長い大きな額だった。額の上半分に四つほど、色のついた三角だの丸だのが描かれ、その下に字が書いてある。

「これは算額だ」

答えが返ってきたのは、だいぶ経ってからだった。

「算額って、なんだい？」

「己で解いた算術の問や答えを書いてな、こうして寺や神社に奉納するものだ」

三角や丸の図が問で、その下に書いてある文字が答えとその手順だという。

「絵馬と言やあ、願い事を書くもんだろう？　なんだってそんなものを奉納するんだい」

「面白いことをきくな」

おっさんはでかい口を横に広げて、がっはっはと笑った。

「そうだな、難しい問が解けたので、それを神仏に謝するとか、解けた祝ということもあろうが、己の算術の出来映えを披露するための場でもあるな」

さっぱり勘所を得ぬおれの顔を見て、おっさんはまた笑った。

「おまえは、算術は好かぬか?」

「いや、嫌《きれ》えじゃなかった。もっとも寺子屋に通ってた、小さい頃の話だけどな」

つい、愚痴めいた調子になった。

子供時分は、読み書きもわりかし得意だったし、算術は更に好きだった。

「おまえも塵劫記《じんこうき》くらいは知っておろう?」

「まあな、けど掛け算の九九や割り算の八算より他は、あらかた忘れちまったがな」

塵劫記は、三代様の頃に書かれた算盤の指南書だが、算盤の他にも金銀の両替だの、枡《ます》の計り方だの、日々の暮らしに使う算術が載っているから、どこの家でもよく見かける。

算術は大昔に唐から伝わりそれまでも使われていたが、吉田光由《よしだみつよし》という算術家は、あらゆる算術を誰でもわかるようにと塵劫記を書いたのだそうだ。

「算術なぞいくら覚えたって、飯の種にはならねえよ」

「そんなことはないぞ。算術がなければ、何事も立ち行かん」

と、おっさんは真下に見える村を指差した。

「あの山の木を切り倒すとき、どうやって木の長さを測るか。あの川に高さ、幅、何間の橋をかければよいか。あの舟にどれほどの荷が積めるか。すべて算術を用いて弾き出されたものだ」

丘を吹き抜ける風の唸りにも負けぬ、力強い声だった。

その声をききながら、眼下に広がる村を眺めた。

おれにとっちゃ、五年ぶりの村だった。

緑の山々を背に、下手な木目込細工のように並ぶ田畑。傾きかけた日を浴びて、光る蛇のようにくねる川。藁葺《わらぶ》きの大きな屋根をのせた百姓家。そういうものは五年前と少しも変わっていないのに、村のようすはまるで違った。田の拵えで忙しい時期だというのに、野良に出ている者は数えるほどだ。鍬《くわ》で田起こしする姿も、肥え撒《ま》きに精出す人も、代掻《しろか》きする馬も見えない。村からは、生きた気配がしなかった。

「いくら算術ができても、米は取れねえ」

おっさんが口をつぐんだ。しばらくして、すまぬ、とぽつりと言った。

しょげたおっさんの姿に、おれは急に気恥ずかしくなった。村を捨てたおれが、偉そうに言えることじゃない。

「おっさん、旅のもんかい？」

調子を変えて話を転じると、おっさんは身分を明かした。

「へえ、本当に算術で飯が食えるのか」

「旅の途中で算額に出会うのは、楽しみの一つでな。このような絵図を用いて長さ広さを算するものや、一本の木から三種の角材を無駄なく取る術《じゅつ》、ねずみ算や虫食い算の凝ったものなど色々ある。この算額もなかなか工夫された問で、ついつい精が出た。三十五年も前にこれほど込み入った累円術《るいえん》を解くとは、見事なものだ」

累円術とは、ある形の中に、幾つかの円を円周の一点を接するように入れたり並べたりして径などを算するものだ、と説かれたが、その時のおれにはちんぷんかんぷんだった。

「ふうん、三十五年かあ」

と、改めて算額を見上げたとき、あれ、と声が出た。

「どうした?」

「これ、おれのご先祖が書いたもんだ。ほら、ここに桝井菱右衛門《ますいひしえもん》てあるだろ。三十五年前ってこたぁ、たぶんおれの爺さんだ」

「おまえは、桝井家の者だったのか。したが、見掛けたことのない顔だ……」

と、おれをじろじろ眺めまわして、思い当たる顔になった。

「おまえ、もしや、家を出たという、碌でなしの放蕩息子か!」

「碌でなしで悪かったたな」

「いや、これは口が滑った。言うておくが、それは村の噂でな、菱右衛門殿はそんな風には言うておらんぞ。そうかそうか、おまえがそうだったのか」

なにが嬉しいのかおっさんは、がっはがっは笑いながら、おれの両肩を何度も叩いた。

おれの生家はこの村の庄屋で、当主は代々菱右衛門を名乗る。

「実はな、わしはいま菱右衛門殿の世話になっておる。この近くで谷川に落ちて足を痛めてな、山を降りるのも難儀な有様でもう半月ほども厄介をかけておる。この村は初めてだが、見ず知らずのわしに菱右衛門殿は実によくして下さった。おかげですこぶる居心地がよい」

おっさんの機嫌は上がる一方だが、おれは逆にむしゃくしゃしてきた。

「では、帰るとするか。おまえが一緒なら、菱右衛門殿もさぞ喜ぶことだろう」

「ばか言うない。誰が行くか、あんなとこ」

「それならどうして、こんなところにおるんだ。家に帰るつもりで、ここまで来たんじゃあないのか？」

いきなり勘所を突かれ、答えに詰まった。

「……帰るつもりなんてねえよ。ただ、ちょいと、たしかめてえことがあったんだ」

「そうかそうか、まあなんでもいい。では、行くとしようか」

「いや、今日はやめる」

「そう意地を張るな、菱右衛門殿は本当におまえの帰りを待ちわびて……」

「だから嫌なんだ」

おれの静かな声が、沈黙を呼んだ。しばらくおれの顔を見詰めていたおっさんが、ため息のように、そうか、と言った。肩を落としてしょげる姿が、叱られた子供のようだ。ものすごく悪いことをしたような気になって、余計に腹が立った。行くぜ、と言い捨てて、丸太を横に敷いた粗末な階段を下る。

と、叫び声とともに、背中で重い物の落ちる音がした。

「おっさん！」

振り返ると土埃《つちぼこり》の立ち込める中に、おっさんがしゃがみ込んでいた。丸太の階段を、五、六段ほど落ちたようだ。

「右膝が曲がらなくてな、やはり降りるのは、ちと無理があったか」

痛そうに顔をしかめ、着物の裾から布で巻かれた右膝を見せた。

「それならそうと、なんで先に言わねえ！　肩くれえ貸してやったものを」

「おまえがさっさと行ってしまうからだ」

「おれのせいかよ！」

「すまんが桝井家へ走り、二、三人呼んできてくれんか。痛くて動けん」

おれは大きく息を吸い、ぶん殴ってやるのを辛うじて堪えた。

「わかったよ、ほら、乗りな」

おっさんの前に、背を向けてしゃがんだ。

「わしを背負って行くというのか。よせよせ、わしは十八貫もあるんだぞ」

「そのくらいなら、どうにかならあ。四の五の言ってると、ほんとに置いて帰るぞ」

それは困る、とおっさんがあわてて従う。途端にずっしりと背中が重くなる。まるで米俵だ。段差を使って立ち上がり、足許に気をつけて、一歩一歩踏み締めるように降りる。丘の中ほどで、早くも汗が吹き出した。

「おっさん、ほんとに十八貫か？　もっとありそうだぞ」

「いや、以前はたしかにそのくらいだったが、この半月ほど動かなかったからな、もう少し目方が増えてるかもしれん」

「だから、先に言えって」

歯を食い縛って、丘の麓《ふもと》まで降りた。桝井の家は、ここから半里《はんみち》ほど西にある。

「おや、どうしたい先生」

通りすがりの田んぼから、声がかかった。ぎくりとしたが、声をかけた百姓からは遠目になる上に、おっさんのでかいからだに遮られ、背負っているのが桝井の放蕩息子とはわからないようだ。おっさんは、おれの背の上から気楽な調子で返す。

「いやあ、痛めた足が、ぶり返したみたいでな」

「そりゃあいけねえや、庄屋さん家《ち》まで戻れるかね」

「心配いらぬよ。この弟子は算術はいまひとつだが、力だけはあるからな」

「はあ、そういや見掛けぬ風体だが、お弟子さんかね」

頭の上で勝手なことをほざかれて、耳許で半鐘みたいな笑い声が響く。どうしてあのとき、おっさんを放り出して逃げなかったのか、いまでも不思議でならねえ。

家のもんに知れる前にずらかるつもりでいたものが、玄関の式台に荷を降ろすなり、土間にへたり込み立ち上がることもできなくなった。

「あんちゃん！　あんちゃんじゃねえか！」

おれの災難は、さらに続いた。弟の蓑助《みのすけ》に見つかってしまったのだ。

「あんちゃん、会いたかったよぉ」

「み、蓑……この馬鹿、放せ、放せってばよ」

むっくりと肥えた腕で首っ玉にしがみつかれ、おれは目を白黒させた。

「あんちゃんが戻った！　あんちゃんが帰ってきたぞぉ！」

ようやくおれから離れると、今度は嫁さんと子供の前で、みっともねえほどの喜びようだ。

すぐ帰るつもりでいたおれは、弟のはしゃぎっぷりに気圧《けお》されて、暇乞《いとまご》いのきっかけを失った。

「わしの戦術の勝利だな。おまえをここに連れてくるために、わざと転んでやったんだ」

得意そうに胸を反らす師匠の姿には、さらに呆れ果ててしまった。このおっさんの無謀さ加減は、それだけじゃ済まねえ。その晩方になって、右膝を抱えてうんうん呻き出した。芝居で転んで、本当に膝の怪我を悪くしちまったのだ。

なんの因果か、こんなおかしな奴と長のつきあいになった。

それからひと月後、おれは師匠と一緒に里を出た。

旅のあいだ、毎日おれは算術を教わった。筆と紙を使うことはほとんどなく、行く先々で目にするあらゆる物が、算術の種になった。

一斗桶に入った十升の油を、七升枡と三升枡を使って二人に等分するには。

舟の渡し賃が、大人五文、子供三文。子が九人、大人がその三倍いると、締めていくらか。

一日三十粒の麦を食べる鼠が、七日に三匹子を産むと、六十三日目に要する麦の量は。

この辺りは塵劫記とそう大差のない、易《やさ》しい問だった。開平法や開立法を覚えると、今度は勾股弦《こうこげん》の術、天元術《てんげん》と、どんどん難しくなったが、その頃になると、解く楽しみがわかるようになっていた。丸三日考えてようやく答えに行き着いたときの満足は、いまでも忘れられない。旅先で出会う算術好きも算額も、びっくりするほど多かった。利息の算し方も、金銀や米の相場の仕組みも、札差の手の内も、みんな師匠に教わったもんだ。

ただ、その半年は、決して旅によい時期じゃあなかった。四年続きの大飢饉は国中を襲い、百姓村は殊にひどかった。飢饉の年は、翌年の種籾《たねもみ》まで食っちまうから、次の年にも米は実らねえ。村の餓《かつ》えは、長く後をひく。

おれの村もひどかった。食うもんはねえ、年貢は払えねえ。年寄や赤ん坊には死人も出た。村の娘が何人も売られて、田畑を捨てたもんも一軒や二軒じゃきかない。それでもまだましだったと知った。

道端に死骸が何十もころがっている村もあった。五つまでの子供と年寄を、みんな捨てた村もあった。人が一人も居ねえ村もあった。痩せ衰えて腹だけふくれた子供、死んだ赤ん坊を背負ったまんま物乞いする女、木に齧《かじ》りついて皮を食う男。あれはもう、人じゃねえ。人の姿なんぞじゃなかった。

師匠は酷い有様を目にするたびに、大きなからだでしょんぼりと項垂《うなだ》れるのだった。途方に暮れた子供のようなその姿は、ひどく切なかった。

そんなとき、いつも慰めてくれたのは、勘左だった。

勘左を山道で拾ったのは師匠だ。旅を始めてふた月ほど経った頃、勘左はまだ羽も生えそろわない子烏だった。

「こりゃあ、狐にでもやられたようだな」

ちょうどからだの横から咥えられたような、嚙み傷があった。腹側にある左足のつけ根の傷が、殊に深い。傷を受けてずいぶん経つものか、かなり弱っていた。

「狐から逃れただけでもめっけ物だが、わしに出会えたのだから益々おまえは運がいい」

「放っといたらどうだい。鳥にかまけてる間に、こっちが飢えちまうぜ」

当てにしていた寺が無人の荒れ寺になっていて、昨日から碌なもんを食ってなかった。師匠はあちこちに算術好きの得意先を持っていて、荒れ寺の住職もその一人だった。

「拾うならせめて雀か目白にしろよ。鳥なんて可愛くねえし、縁起が悪いや」

「なにを言うか、熊野大社でも厳島《いつくしま》神社でも鳥を崇《あが》めておるんだぞ。縁起の悪い筈がなかろうが。よしよし、いま薬をつけてやるからな」

「そりゃあ水虫の薬だよ、傷薬はこっち。ああ、ああ、そんなんじゃ羽がもげちまう」

「いちいち細かなことに煩い奴だ。それならおまえがやらんか」

なんのことはない。師匠は拾っただけで、勘左の世話は全ておれが引き受けるはめになった。薬をつけて布を巻き、雑穀や木の実を潰した擂餌《すりえ》を与え、懐に入れて歩いた。助からねえように思っていたが、勘左の傷はやがて癒えた。飛べるようになるまでは、さらにふた月ばかりかかり、羽の生えそろった後も腹の傷の辺りだけは禿げたままだったが、途中で手に入れた手付きの籠に機嫌よく収まっていた。

「鳥というのは実に賢い鳥でな。あちこちに隠した餌の場所は決して忘れんのだ。しかもな、魚ならその日のうちに、柿なら五日、胡桃《くるみ》はふた月後と、ちゃあんと腐りやすい物から順よく掘り出して食べるんだぞ」

師匠はまるで、自分が鳥であるかのように大威張りだ。

「他の鳥の巣を襲うときなぞ数羽集まって戦術を立てる。囮《おとり》になる者、親鳥を威《おど》す者、雛《ひな》をさらう者、と役目を決めてな、雛を残らず奪うそうだ」

諸国を廻っているだけあって、この手の雑多な耳学問には事欠かない。

「人の顔も見分けるし、教えれば言葉も話すようになるんだぞ。おっ、そうだ」

と、師匠は籠から勘左を抱き上げた。名をつけたのも、このおっさんだ。どうせならもう少し気の利いた名にすりゃあいいものを、鳥は勘左衛門と昔から決まっておる、と譲らなかった。

「おまえに言葉を教えよう。何がよいかな、やはり最初は九九から行くか」

「鳥に算術教えても、仕方ねえでしょう」

「わしの弟子なら割り算くらいはこなせんとな。よし、八算だ」

師匠は勘左を肩に乗せると、懐から算盤をとり出した。

「烏は算盤なんざ弾きませんて」

いくら止めても、師匠はお構いなしだ。

「まずは『二一天作五』と『二進一十』だ。二で割る割声は、この二つだけだから容易だろう。よいか、二で割り切れぬときは『二一天作五』と唱えて、このようにだな……」

と、算盤の玉を一つ払い、五を置いた。八算はいわば、算盤を用いた割り算の九九だった。

「割り切れるなら『二進一十』と唱えて、二を払って十を置く。これを覚えたら次に進むぞ。三の割声は、三で割り切れるもの、一余るもの、二余るものの三つ。九なら九つある」

八算の割声が延々と続く中、勘左は師匠の弾く算盤玉を眺めては、どうしたものかと問うように時折おれを振り返った。

九九も八算も無駄だった。師匠は算術を除けば元々根気などない人だし、始終色んなことをしゃべりどおしだから、勘左も覚えきれなかったんだろう。その代わり、ある日いきなり師匠そっくりの声音で、がっはっはと笑い出したのにはおったまげた。はた迷惑だから勘左がそれをやる度に、やっちゃいけねえと諭した。殊更怒鳴らずともおれが怒ってることくらい勘左はすぐに嗅ぎとるから、やがてやらなくなった。その後やっぱり師匠の口真似で、おれの名だの「酒持って来い」だのやり出したんで、これもやめさせた。

「せっかく言葉を覚えたのだから、よいではないか」

「おっさんが二人いるみてえなもんなんだぜ。こっちが堪《たま》らねえよ」

師匠はつまらなそうに口を尖《とが》らせたが、これだけはおれも譲れなかった。

「ほうれ、ほれ、よおし上手《うま》いぞ、勘左。今度は玉子焼きだ。しっかり取れよ」

座敷の縁先に立ち、さっきから師匠は、高い松風の料理を勘左に投げ与えている。勘左はしばらくつき合って、空に弧を描く芋やら蒲鉾《かまぼこ》やらを受けてみせたが、玉子焼きを掴んだ途端、ぱっとどこやらへ飛び去った。

「なんだ、もう仕舞いか。相変わらずつれない奴だ」

「喉袋に溜められる分を越えちまったんすよ。加減ってもんがあるでしょうに」

「命の恩人はわしだというのに、おまえばかりに懐《なつ》きおるし。まったく薄情な奴だ」

玩具を取られた子供のような顔で戻り、徳利を持ち上げかるく振る。

「お、もうないではないか。酒持って来い、吉……」

「おれの名は、浅吉だ」

空の徳利をとり上げて、念を押す。

おれの本当の名も企みも、知っているのはこの丹羽九厘という算術家だけだ。

「いつまで浅吉でいるつもりだ」

「お吟から金を巻き上げるまでさ」

師匠は大きな目でじいっと見詰め、熊のように分厚く毛深い手で、おれの月代頭をわさわさと撫でた。

「加減知らずはおまえのほうだ。無理が過ぎると、己が辛いぞ」

「……酒の代わりが来たんじゃねえか」

廊下から近づく足音に、頭を振って師匠の重い手から逃れた。

「すみません、これをお渡しするのを忘れておりました」

寮番のかみさんは、おれに文をさし出し、また忙しそうに出て行った。

弟からだった。手紙はここへ送るよう、言いつけてある。

初霜が降りたとか、息子が歩いたとか、どうでもいいことを訥々《とつとつ》と綴ってあるだけの便りだ。あとはおれの身を案じる言葉が、いつまでも続いていた。

「相変わらず鈍臭《どんくさ》い奴だ。気の利いた台詞の一つもねえや」

頭に浮かんだ弟の丸い顔が、にっこり笑った。

だが文の仕舞いに来て、胸ん中がどくんと鳴った。

「どうした?」

「……お妙の居場所が、わかったたって」

「お妙といえば、たしかおまえが岡惚れしていたという女子《おなご》か」

「そうじゃねえよ、ただの幼馴染だ」

「まあ、どっちでもよいわ。それで、どこにおるんだ？」

「……吉原だってよ。お妙を連れてった女衒《ぜげん》が、そう言ったって」

紙きれ一枚の文が、急に重くなる。

師匠は黙って、枯れた庭に目をあてた。

「お妙のためには、良かったのかもしれねえ。田舎娘が売られる場所としちゃ、一等ましだもんな。お妙はな、『亥西屋《いさいや》』ってぇ見世にいるらしい」

しゃべりながら、口の中が乾いてどうしようもなかった。いつか請け出してやれるかもしれない、その望みが針の穴ほどに萎《しぼ》んでゆく。

「よし！」

と、師匠が、膝を打った。

「これから吉原へ出張るとしよう」

「下手な思いつきを口にしねえでくれ」

「真面目に言うておる。ここからなら目と鼻の先だ。おまえもそう度々出歩けるからだでもなかろうし、今日なら多少遅くなっても構うまい。日が落ちたら出掛けるぞ」

「あのなあ、おっさん、気持ちは嬉しいが、いくら金がかかると思ってんだ。だいたい吉原じゃ、三度は通わにゃ遊女とまともに話もできねえって言うぜ」

「誰が正面から行くと言った。鶴紀之《つるきの》に頼むのよ。ほれ、おまえも連れて行ったろう」

「そうか、『紀之屋』は吉原の遊女屋だっけ。前は花川戸にいたから、すっかり忘れてた」

紀之屋鶴右衛門《つるえもん》は、やはり師匠に算術の教えを乞う一人だ。吉原には同じ屋号の店が何軒もあるために、廓《くるわ》へ通う通人のあいだでは鶴紀之なんぞと呼ばれるらしい。以前この鶴紀之を訪ねたときは、去年の秋の火事で吉原は丸焼けになった後で、建直しが済むまでは花川戸に仮宅していたのだ。

「勘左、迎えに来るまでここにいろ。おめえは夜目が利かねえからな」

出掛けに梅の木を叩いてそう告げると、勘左はわかったと言うようにひと声鳴いた。

「さすがわしの仕込んだだけはある、賢い奴だ」

文句をつけてえところだが、今日のところは師匠に花を持たすとしよう。

吉原へ向かう遊客は、山谷堀沿いの日本堤を行くのが相場だが、橋場の寮からは、浅草田圃《たんぼ》を抜け吉原大門を正面に見る道筋のほうが近かった。

おれは吉原は初めてだったが、師匠は勝手知ったるようすで通りを大股で進む。大門から数えて二つ目の四辻を左へ曲がると、紀之屋のある角町だった。

「丹羽先生ではございませんか。ようこそお出で下さいました、ささ、どうぞこちらに」

鶴紀之こと紀之屋鶴右衛門は、ふいのおとないにも拘わらず、喜んでおれたちを迎え入れた。

「おおい、こちらに火鉢をもう一つ持っておいで。それから酒と肴を。なに、どの酒かだと？　いちばんいい酒に決まっているじゃないか。冷えてきたからね、少し熱めに頼むよ。ああ、早くおし、まったく気の利かない」

主は小柄なからだに似合わぬ声を張り上げながら、もてなしに大童《おおわらわ》だ。

「ああ、そんなに気を使わんでよいぞ。今日はちと違う用向きで参ったからな」

「おや先生、お珍しい。はなからそちら目当てでいらっしゃるとは。よろしいですよ、ちょうどいい妓《こ》が入りましたから、お相手させますよ。でもその前に、少しだけ私の相手もして下さいな。面白い問を思いつきましてね、累円術を使ったものなんですが、ぜひ先生に出来を見ていただきたかったんですよ。ほんとに折よくいらしてくだすった」

おれが横目でちらりと睨むと、師匠はあわてて用件を切り出した。

「亥西屋でしたら、揚屋町にあるうちと同じ半籬《はんまがき》の店ですがね。で、名前は？　いえ、ほんとの名ではなく、吉原《ここ》での名です」

わからないと告げると、それでも鶴紀之の旦那は、自ら亥西屋へと足を運んでくれた。

「その娘は、幾登瀬《いくとせ》という名でたしかに見世に出てました。わけを話すと、妙な里心がつくんじゃないかって主はいい顔をしませんでしたがね。そこはこちらの顔を立ててと頼み込んで、見世が終わってからならと、ようやく承知させました」

間もなくせかせかと戻ってきた旦那は、いささか恩着せがましく仔細を述べた。

「手間をかけさせたな」

「他ならぬ先生の頼みですからね。ひと肌もふた肌も脱がせていただきました。ここに来させるよう頼んでおきましたが、見世仕舞いする引け四つ過ぎでしょう。それまでゆっくりと、こちらに精を出せますね」

鶴紀之は見世のことはお内儀に託し、いそいそと筆やら紙やらを並べ始めた。

「如何なもんでございましょうね」

「ほうほう、こりゃあ……」

主が見せた算術の問を眺めていた師匠が、喉の奥で、くくと笑った。

「先生、いけませんか？」

「いや、こいつはなかなか面白い。浅吉、おまえが解いてみろ」

「え」

お妙のことばかりに頭が行って、碌に話もきいちゃいなかった。

師匠にしつこく勧められ、仕方なく紙に描かれた図を眺めた。椀を伏せたような半円の中に内接するように、甲円が横に二つ並び、その隙間と半円の底に挟まるように、小さな乙円が一つある。

「甲円の径が一三九寸、半円の周が四一一寸のとき、乙円の径はいくらか」

問を声に出して読んだ。先刻鶴紀之が言ったとおり、内接円を使う累円術を用いたものだ。半円の径は周から算し、あとは甲円から乙円の径を導く。

と、ここまで考えて、あ、と声が出た。

「これは、解けません」

「やはり少々難しゅうございましたか」

「いや、そうじゃなく、この問が有り得ねえんです。四一一寸の半周を持つ円の径は、二六二寸。この中に一三九寸径の甲円を二つ入れると、はみ出しちまいやす」

「やや、や」

鶴紀之は畳に覆い被《かぶ》さるようにして、問を検分した。

「あたしとしたことが、とんだ粗相をしちまった。こいつはお恥ずかしい」

「ははは、こんな間違いなら、わしも数えきれんほどやったわ」

しきりに恐縮する旦那を鷹揚《おうよう》に宥《なだ》め、師匠は別の図をさらさらと書いた。やはり伏せた椀のような半円の中に、大きな甲円が二つ。ここまではさっきと同じだが、椀の両端と甲円の隙間に、小さな乙円を二つ、最後に椀の天辺に内接するよう、丙円をくるりとつけ足した。

「甲円の径が七二寸、乙円が三二寸のとき、丙円の径はいくらか。これは昔、どこかの算額にあった問だ」

「これはまた、解き甲斐のありそうな」

「開平法を使わなきゃいけねえようですね」

問とにらめっくらしながらあれこれ言い合うおれと旦那を眺め、師匠は楽しそうに盃をあけた。一問できたらまた一問とくり返すうち、いつしか時の経つのを忘れていた。

「亥西屋からお客がみえましたよ」

内儀が座敷に顔を出すまで、おれはお妙のことを失念していた。

「お、そうか。それじゃあ邪魔者は退散するとしようか」

「先生、これを解くまでそう容易には離しませんよ」

「わかった、わかった。今宵はひと晩中、つきあわせてもらおう」

師匠が坊主頭に手をやって、鶴紀之の旦那は満面の笑みを浮かべた。

離れ座敷に案内されて襖を開けると、赤い着物を着た女が座っていた。訝《いぶか》しげな面持ちで、こちらを見ている。

「お妙……か?」

目の前の別嬪と、頭の中に幾度も思い浮かべていたお妙が、どうしても結びつかない。二年前に会ったとき、随分きれいになったもんだと思えたが、それとは違う。白粉《おしろい》に紅の際立つ濃化粧の顔は、妙に浮世離れして、水面《みなも》に映った白い花のようだった。

「吉《きっ》ちゃん……吉ちゃんなの?」

腰を降ろすと、お妙は行灯《あんどん》の灯りに透かすように、おれの顔を覗き込む。

「ほんとに吉ちゃんだ……。浅吉なんてきいたことない名だから、誰のことかわかんなかった」

「すまねえ、わけあっていまは浅吉って名乗ってんだ」

「なんでもいい、来てくれて嬉しい。もう二度と会えないと思ってた」

おれの両袖を握り締め、お妙が涙ぐむ。

「お妙、少し痩せたみてえだな。飯はちゃんと食ってるか」

頬に手をやろうとしたとき、弾かれたようにお妙が飛び退《すさ》った。灯りから逃れるように、部屋の隅へと膝行《いざ》る。おれがにじり寄ると、お妙がさらに逃げる。

「後生だから、来ないでちょうだい。あたし、吉ちゃんにだけはこんな姿、見られたくなかった！」

白く塗った首と、赤い紅が、仄かな灯りに浮き沈みする。

夢中でお妙のからだを掻《か》き抱いた。灯りの届かぬ暗がりで、お妙はしばらく山犬の子のように抗っていたが、やがて静かになった。力の抜けたお妙のからだは頼りなく、いくら抱きしめても、するりと腕から抜けて行きそうに思えた。

やっぱり痩せた。こんなふうにお妙を抱いたことなど一度もなかった筈なのに、何故だかそう思った。師匠に言ったとおり、おれとお妙はただの幼馴染だ。おれが十七で村を出てからは、何年も顔さえ合わせなかった。だからおれが馴染んだお妙は、子供らしいふくよかさを残した娘だった。

そういえば昔、似たようなことがあった。拗《す》ねて逆らう小さなからだを摑まえて、泣きじゃくるお妙にわけを訊ねた。あれは、いつのときだったろう。

「小っさい頃、同じことあったね」

まるでおれの心を見通すように、腕の中から掠《かす》れた声がもれた。

「うん。いくら宥めてもおめえが泣きやまなくて往生した」

「あたしが五つで、吉ちゃんが八つだった」

「そうだっけ。おめえあん時、なんで泣いてたんだっけな。おめえの婆ちゃんが亡くなったときかな。おめえ、婆ちゃん子だったからな」

「覚えてないの？」

「うん」

「吉ちゃんらしい」

くすりと笑って、お妙は静かにからだを離した。もう大丈夫、と微笑んだ。

おれは問われるままに、ここに来るまでの経緯《いきさつ》を話した。師匠のこと、親父や弟のこと、勘左を拾ったこともお吟に近づいた目的も、語る話はいくらでもあった。

「吉ちゃん、有り難う。あの後、村に行ってくれたのね」

「礼を言うのはこっちのほうだ。あん時おめえに会わなかったら、おれはいまでも鉄火場で切った張ったに明け暮れていた」

街道沿いの宿場町で、売られるお妙と偶《たまさか》出会った。それが村へ帰るきっかけになった。だが村へ入る度胸もなく、上からようすを見るつもりで村外れの寺に上った。

そして、師匠に会った。

「吉ちゃんと蓑ちゃんと弟たちと、よく一緒に遊んだね。楽しかったね、あの頃は……」

お妙は、ふふっと思い出し笑いをした。

「吉ちゃんと蓑ちゃんは、ちっとも似てなくて、でもいつでもどこでも一緒だった」

「あいつがいっつも、おれにまとわりついてただけだ」

「そんなこと言って……小さい時分は、とても仲よかったじゃない。ほら、覚えてる？　蓑ちゃんが居なくなった時のこと」

「ああ、そういえば、そんなことがあったな」

たしかあいつが六つのときだ。日が暮れても帰ってこず、大騒ぎになった。明け方になって蓑助は、泥まみれになって戻ってきた。泣き虫のくせに、そのときだけはにこにこ笑いながら、おれに右手をさし出した。鮮やかな黄色い茸《きのこ》が握られていた。

「あんちゃん、あったよ。あんちゃんの言ったとおり、うちの裏山にも金色の茸があった」

あっ、と前の日のことを思い出した。山一つ向こうの村から遊びに来ていた従兄《いとこ》が、その村で採れたという金色の茸の自慢話を始めた。あんまり長いのに嫌気がさして、つい、そんなものは裏山にもたんとある、と言ってしまった。そいつはくどい性分で、だったら見せてみろ、見せられねえのか、おめえは嘘つきだ、と散々はやし立てた。おれは途中から面倒になって碌に相手もしなかったが、蓑助は真っ赤になって怒っていた。

「兄ちゃんは嘘なんかつかねえ！　断じてつかねえ！」

ふいに耳に甦った声を払うように、おれは軽く頭《あたま》を振った。

「あたし蓑ちゃんが羨《うらや》ましかった。あたしも吉ちゃんみたいな兄さんがいればなあってよく思った。あの後おっかさんと一緒に泥を落としているあいだも、蓑ちゃんはずっと上機嫌で吉ちゃんの話をしてたのよ」

「そういや、おめえのほうが下なのに、いつもお妙が蓑の面倒を見てやってたもんな」

弟の蓑助より一つ下になるが、お妙は昔から大人びた娘だった。

「弟が二人いたもんで、蓑ちゃんのことも一緒くたに見えたのね」

おれのお袋は、あまり丈夫じゃなかった。床についてるほうが長いようなお袋に代わり、お妙の母親が、あの頃おれの家に手伝いに来てくれていた。お妙と二人の弟も、毎日その母親にくっついてきた。

「おめえのふた親と弟たちも、みんな達者だ」

「嬉しい……よかった」

はっとするような明るい顔だった。それがあんまり切なくて、おれは下を向いた。赤いびらびら木綿の膝に置かれた、白い指先だけが見える。着物は振袖新造《ふりそでしんぞ》のお仕着せだった。

「だって、そのためにあたしはここにいるんだもの。あたしのお金で一年でも二年でも食い繋《つな》いで、また実りの多い年が来れば、きっと昔みたいに少しは楽な暮らしができる。吉ちゃん、家の者には達者だと伝えて。あたしは二度と村に戻れないから、お願いします」

「なに言ってる。年季が明けたら……」

「年季が明けても、村へは帰れない。覚えてるでしょ、子供の頃、麓の宿場でお女郎さんやってた人が村へ戻って来たときのこと。大人は誰も口きかなくて、子供も女郎、女郎って囃《はや》し立てて石を投げたりもしてた……あたしたちはしなかったわね。あれは、吉ちゃんがやめろって言ったからよ」

畳にだらりと下がったおれの手に、お妙の両手が重なった。

「あの頃から吉ちゃんは優しかった。だから昔から吉ちゃんが大好きだった」

おれもずっと、お妙を忘れられなかった。村を出て五年のあいだ、宿場女郎と遊んだことはあっても深い仲になったことはない。女と向かい合うたびに、いつもお妙とひき比べてしまったからだ。子供時分のおれは、滅多に気持ちを口にしなかった。なのになぜか、お妙にだけは見透かされた。殊に辛いとき悲しいときは、いくらおれが強がっても決して傍を離れなかった。

「あのときあたしが泣きやまなかったのはね」

白粉の刷《は》かれた手をそっと握り返すと、お妙が言い出した。お妙があんなに泣いたのは、いま思い返してもあの時きりだ。

「吉ちゃんがお静《しず》ちゃんをお嫁さんにするって言ったからよ」

「お静って……おれの従妹《いとこ》の静か？　おれ、そんなこと言ったか？」

「お静ちゃんがそう言ったの。吉ちゃんの家では、そう決まってるからって」

「そりゃ、大嘘だ」

「そうなの、あん時も吉ちゃんはそう言ってた。でも吉ちゃんが必死で機嫌とってくれるのが嬉しくて、ずうっと嘘泣きしてたのよ」

「ひでえ」

顔を見合わせて、一緒に笑った。お妙の手をもう一度握る。

「お妙、おめえの借金は、あとどのくれえ残ってる」

「どのくらいかな。もしかしたら、最初に売られたときより増えてるかもしれない」

「どうして！」

「着物とか簪とか、なにかとお金がかかるのよ。それがみんな、見世への借金になる。吉原一の花魁《おいらん》でさえ、首の上まで借金に浸《つ》かってるっていうわ」

位が上がれば、それだけ装いにも金が掛かり、どんどん泥沼にはまって行く。この吉原は、お歯黒どぶと黒板塀ではまだ足りず、金の力で遊女をぎりぎりに縛りつけている。

「それでも、ちゃんとたしかめろ。いくらあれば、おめえを身請けできる。金はおれが作る。なんとかして作ってみせる」

「それは無理よ」

「無理なことなんかねえ。おめえを身請けして、一緒に村へ帰る。おれは……おめえと二人で、あの村でやり直してえ」

それまでうっすらと微笑んでいたお妙の顔が、引き攣《つ》ったようにこわばった。

「渡世人に両足突っ込んでた野郎じゃ、頼みにならねえと思ってんだろ。けどおれは……」

と、強い香りが鼻を覆った。お妙がおれの胸の中に、飛び込んできていた。

「吉ちゃん……吉ちゃん……吉ちゃん……」

胸に、お妙の熱い息が吹き込まれる。おれはお妙を抱きたかった。すっかりそのつもりになってもいた。けれどお妙は、最後まで拒みとおした。

「見世が引けた後だもの」

と、悲しそうに言った。

「吉ちゃん、また……会える？　今度は亥西屋に来てね。お金のことは心配しなくていいから……ただ……見世の始まり時にしてね……」

大門の開く明け六つの鐘に引かれるように、お妙は見世へと帰って行った。

鶴紀之の旦那が来るまで、おれは畳に大の字になって天井を見上げていた。朝餉を食わせてもらい、師匠と共に大門を出たのは、日がすっかり上りきった頃だった。

「おっさん、いつにも増して酒臭えぜ」

「紀之屋の酒がまたよかったものでな。ついつい過ごしてしまった。で、おまえのほうは、どうだった」

「きっと身請けしてやるって、一緒に村へ帰ろうって言った」

途端に頭の上に、師匠の重い拳骨《げんこつ》が落ちた。

「できもせぬことを容易《たやす》く口にするな」

「いってえなあ。おれはいつか必ず……」

「当てのない望みを持たせることが、あの娘にとってどんなに酷なことか、わからんのかっ」

大声で怒鳴りつけながら、師匠は悲しいときのしょげた顔をしていた。

五

怠けず弛《たゆ》まず慢心せず――。

おれが通っていた寺子屋の坊主は、くり返し言ったものだ。これを忘れた途端、人は足をすくわれると。だがもっと肝心なことを、坊主は教えてくれなかった。どんなに用心しようとも、躓《つまず》くときは必ずある。しかも蹴躓《けつまず》いた石が見えるのは、ころんでしまったその後だ。

――いつか落ちるんじゃないか。

ずっと怯えていた大穴に嵌まっちまったのは、飯を食う暇もないような師走半ばのことだった。三軒町へ戻ると、なにやら玄関先が騒がしい。

「だから、いくら頼まれたって、そんな金はないんですよ！」

開け放された玄関格子の奥から、お吟の怒鳴り声がする。

「札差から借りられぬ以上、他にめぼしい金貸しなぞおらぬのだ」

「さよう、なにより札差の不興を買ったのは、元はと言えばおまえたちと関わったためだ。

「噂では大層儲けているときく。十五両くらい用立てられぬ筈がない」

札差に代わり、金を融通するのが道理であろう」

玄関を塞いでいるのは、おれが借財減らしに手を貸した、三人のお武家だった。

お武家衆の得意先が増えたのには、長谷部家がひと役かっている。

長谷部家がひとまず落ち着いて、次に来た客は、義正殿のご新造の実家《さと》だった。長谷部家のために八両を拝借した、四百俵の御納戸組頭だ。役料が多ければ、それだけ借財も増えるということは、ここで学んだ。舅《しゅうと》殿の借財は、六百二十両にも及んだ。どうにか三分の一ほど返済の目処が立った頃から、その隣屋敷のお武家だの古いご友人だのが三軒町を訪ねて来、横繫がりに増えてきた。

お武家は借財のことなど決して大っぴらにはせぬから、町屋の客ほど鰻上《うなぎのぼ》りとはいかないが、それでも十五は下らぬから結構な数だ。あまり増えてもらっても困りものだ。お武家の借財は、どこも手がかかる。一軒こなすのに、のべにして丸三日ほども要するから割に合わない。婆さんも騒ぐもんだから、返済に漕ぎつけた借財の、三分を頂戴することにした。三両で百両の借金が片付くなら、相手は儲けものと思えるだろうし、こっちにとってもいい稼ぎになる。ご新造の内職口から、敷地の内に住まわせる間借人まで世話をするから、面倒がりのお武家には受けがいい。

だがうまい商売に限って、存外脆《もろ》い。こちらが儲かれば、別の誰かが損をする、それが商いの定法だからだ。

「札差が、何か言ってきたんですかい」

三人のお武家をひとまず家に入れ、仔細を訊ねた。

「おまえの働きで一時《いっとき》借財は減ったが、師走にはどうしても、正月の仕度や掛取りなぞで何かと物入りになる。十両、二十両と入用になり、馴染みの札差に頼みに行った。利息の安い貸し先なぞ、他には思い当たらんからな。だが、まったくとり合ってくれぬのだ。深川三軒町に、よい金蔵ができたのではないかと、やんわりと皮肉られたわ」

長いつきあいの札差をさしおいて、おれに金勘定を任せたのが気にいらぬ。はっきりと口には出さないものの、そういうことらしい。目の前のお三方は、各々別の札差から同様の扱いを受けたという。

性懲りもなくまた借金をしようという連中を、咎める気にはなれなかった。本当に難しいのは、借財を片付けたその後だ。質素倹約とは、世知辛い今生のわずかな楽しみを削《そ》ぎとることだ。ましてこの江戸は、きれいなもの、旨いもの、楽しいものが溢れている。生半《なまなか》な覚悟では、質素な暮らしなぞすぐに潰《つい》える。律儀に続けているのは、あの長谷部の義正殿くらいのものだ。

もう少し猶予をくれと説き伏せて、どうにかお武家衆を帰すと、待ってましたとばかりにお吟の嫌味が始まった。

「ああ、ああ、やっぱりおまえなんぞ雇うんじゃなかったよ。あたしが長いことかけて貯めた金を、一年も経たないうちに、おまえが食い荒らしちまった」

「そうぽんぽん言わねえでくれ。なんとか策を講じるからよ」

「その策とやらのおかげで、こんな羽目になっちまうんだ。これ以上は御免だよ。あたしらはいわば、江戸の札差九十六人を敵にまわしちまったんだ。まったく笑いが止まらないね。ちっぽけな烏金貸しのあたしらがさ」

けんもほろろの言われように、腹立ちを越えて情けなさが募る。それでも笑っていられたうちは、まだよかった。翌日からは、十数軒のお武家衆がとっかえひっかえ金の無心に訪れた。商売どころではなくなって、あまりの騒ぎに近所から見物人さえ集まった。

「ここを当てにできぬとなれば、また市井の高利貸から借りるしかあるまい。そうなればおまえの行った借財減らしは、無駄ということになる。無論、支払った礼金は、全て返してもらうからな」

この案に乗るしか手はない、また元の烏金貸しに戻れば済むことだ、とお吟は言い立てたが、冗談じゃねえ。連中からの礼金は、ざっと二十両。これを文銭貸しだけで稼ごうと思えば、それこそ気が遠くなる。ここに長く腰を据えてはいられねえ、こっちにはこっちの都合ってもんがある。

「もうちっと待っておくんなせえ。必ずどうにかしてみせやす」

六日経ち、七日過ぎても、おれはお武家衆の責めに頭を垂れて、同じ繰り言を吐いた。

だが遂に八日目、崖っ縁に追い詰められた。

「いまのおまえは、こちらの訴願をまともに受けず、のらりくらりとかわしているようにしか見えぬ。わしとしては甚だ残念だが致し方ない。御上に任せるより他あるまい」

おれの正面に座し、こう切り出したのは、長谷部義正殿だった。当の長谷部家は札差からの借金を要せぬというのに、おれとの橋渡しとなったことをお歴々に責められて、掛合いの筆頭に立たされていた。

水に浮かんだ淡雪豆腐のように、いつもお気楽そうな義正殿が、まるで別人のように面変わりして見える。その目に漂うのは怒りではなしに、深い悲しみだった。

これ以上は無理だ。このお方に裏切者扱いされるようなら、ここが潮時だ。

「わかりやした、長谷部様。おれのこの首をかけて約束致しやす。必ず三日のうちに、はっきりとお返事させていただきやす」

「この期《ご》に及んで、まだ言い逃れを致すつもりか」

傍らにいた侍が、腰を浮かせた。義正殿の他に、五人ものお武家が詰めていた。

「正月まで、既に十日を切った。これ以上の猶予はならぬ。やはり町方に訴えるのが上策」

別の一人が言い放ち、たちまち皆が応と頷く。お武家衆の焦りは極まり、ここ二、三日は罵詈雑言《ばりぞうごん》の嵐だった。

町奉行所が乗り出せば、過料、手鎖はもちろん、金貸しを続けることさえできなくなる。さしずめ借財減らしと謀って、礼金を取った騙りの廉《かど》。なにより御上の許しなく金貸しを行い、さらには法外な高利。これだけでも十分お縄になるだろう。

「あと三日、三日だけあっしにくだせえ。もしも違《たが》えたときは……」

土下座していた頭を起こすと、正面の義正殿にかっきりと目を据えた。

「虫けら程のものですが、この命、賭けさせていただきやす」

義正殿はこちらの心中を量るかのように、じっとおれの目の中を覗き込んだ。火種が尽きたらしく座敷は冷えてきたというのに、おれのこめかみを汗がひと筋伝った。

「わかった、あと三日だけ待つこととしよう」

「長谷部殿！」

風に煽《あお》られた木立のように、ざわりと動いた五人に向かい、義正殿が手をついた。

「このとおり、私からもお頼み申す。浅吉は我家の窮地を救ってくれた。急の無心に耳を貸してくれたのは、この男だけだった。だからこそ私は信を置いた」

「……しかし、長谷部殿……」

「しがない百俵取りなれど、拙者とて武士のはしくれ。もしも目違いであったなら、どんな責めも負い申す」

低く言った。たとえこのお方が命を張っても、金のことだけはどうにもならぬ。それでも同じ武士として、その覚悟は侮りがたいものなのだろう。五人の侍は、義正殿と一緒に引き上げて行った。

義正殿の後ろ姿を、息を詰めて見守った。しばしの沈黙の後、相わかり申した、と誰かが
計ったように、隣境の襖が開く。お吟がこちらを見下ろしていた。おれへの責め問いにも飽いたらしく、このところは口もきいてくれなかった。

「あたしゃ、おまえと心中するなんざ御免だからね」

馴染んだいつもの嫌味とは、まるで違った。氷の塊を突っ込まれたように、芯から気持ちが冷えた。追い討ちをかけるように、火の気のない座敷の寒さが四方から忍び寄ってきた。

お武家衆との約定を果たすため、翌日は方々を駆けずりまわり、日暮れ前に戻ってみると、お吟は居なかった。どこかに用足しに出たものか、ひょっとすると金繰りの当てでもできた

ものかと、飯をこさえて待っていた。

五つの鐘の音がきこえると、急に胸騒ぎに襲われた。短気を起こした侍に、連れて行かれたのだろうか。ひょっとすると、ひと足早く役人が来てしょっぴかれたんじゃなかろうか。そんな心配も頭をもたげたが、家の中はいつものままだ。

「勘左、お吟の行く先を知らねえか」

しょうことなしに、辛夷の下でそう訊ねた。こちらを黙って眺める勘左は、何か言いたそうにも見える。この勘左はなんだろう。

と、小さな灯りが往来から近づいてきて、木戸門の前で止まった。

「お吟か」

横から声をかけると、ぶら提灯を手にした影は驚いたように足を止めた。

「やっぱりお吟さん、帰ってないの?」

お照だった。淡い火影を受けたその顔は、敵に怯える野兎のようだ。

「夕方、お吟さんを見掛けたの。そのときは珍しいなって思っただけで……でも時が経つうちに、なんだか気になって……」

長屋の差配から提灯を借りて、来てみたという。

「珍しいって、何がだ? 誰かと一緒だったのか?」

「ううん、一人だったわ。でもね、お吟さん、大川から舟に乗ったの」

「舟だって？　あのけちんぼが舟なんて……」

苦笑いが急にこわばった。お吟が舟を使うのは、それはよほどのことだ。

嚙みつくように、お照に訊ねる。

「に、荷物は！　荷物は何か持っていたか？」

「……ええ、ひと抱えくらいありそうな風呂敷包みを持ってたわ。ちょうど舟に乗り込むところが橋の上から見えたのだけど、乗合のお客が荷を持ってあげようとするのを断って、大事そうに抱え込んでたわ」

ふいに腰から下が震え出した。昨晩の、お吟の言葉が甦る。

『おまえと心中するなんざ御免だからね』

——まさか
ころがるように奥の八畳間に駆け込んだ。いつも小銭を入れている銭箱の蓋《ふた》に手をかける。

こわごわ覗くと、中は空だった。

「畜生！　あの婆あ！」

簞笥の抽斗《ひきだし》をみんなぶちまけて、押入からは行李を引っ張り出した。疑いようもなかった。

お吟の荷物が減っている。おれには文銭一枚残さずに、身のまわりの物と、どこかに隠してあった金だけ持って、一人でさっさとずらかったのだ。

おれも焼きがまわったもんだ。そこまで薄情ではあるまいと、なにより年寄一人じゃそう大儀なこともできまいと、高を括っていたものだ。

「これじゃ、お武家衆への詫び料も払えねえ」

明後日までに片がつかぬときには、遅まきながら稼いだ二十両を返し詫びを入れるしか手はなかった。その方途さえ絶たれては、まるで土壇場に頭を垂れて、首斬り人の刃を待つ罪人だ。

「浅吉さん……」

肩に小さな手がかけられるまで、おれは畳に座り込んでいたらしい。先刻よりいっそう怯えの濃くなったお照の顔があり、その気遣わしげな眼差しで、ようやく我に返った。

「大丈夫だ、心配すんな」

口を突いた気休めを梃子《てこ》に、萎《な》えていた足を踏ん張って立ち上がった。

「浅吉さん……あたし、何でも力になるから……」

入江町まで送り、長屋の木戸口に着くと、思い詰めたようすでお照が言った。黙っているのが恐くて、ここに来るまで無闇にしゃべり続けたが、お照はちっとも話に乗ってこず何事か考え込んでいた。

「心配すんなと言ったろう？　婆さんが居なくとも、なんとかならあな」

おれの最後の見栄だった。

空っぽになったからだの行く先は、一つきりしかなかった。溜まりに流れ着く落ち葉のように、吉原へ足が向いた。

初めて吉原を訪ねて以来、お妙とは度々会っていた。といっても、月に一度がせいぜいだ。いつの頃からかお吟がくれるようになった小遣い銭では、吉原通いもままならなかった。

すでに四つをまわり、大門は閉じていたが、脇の潜戸は開いていた。吉原だけは、引け四つが世間より一刻遅い。一文なしを承知で、それでもひと目お妙に会いたくて、亥西屋の格子の前に立ったが、その日あぶれた遊女が、半ば必死の面立ちで格子の中から幽霊のように手を差し招いているだけで、お妙の姿はなかった。吉原の引け四つも過ぎ、廓を追い出されて山谷堀をとぼとぼ戻る。

――おれもこのまま逃げちまおうか
その考えがよぎるたび、鈍色《にびいろ》の羽織の背が邪魔をした。おれを信じ、お武家衆に頭を下げた義正殿のあの姿が、からみついて離れなかった。

「おまえさんも、とんだことになっちまったねえ」

晩方訪れた山野屋は、声色だけは心配そうに作っていたが、込み上げる笑みは隠しようもなく、常よりいっそう下卑て見えた。

「あの婆さんの性分はあたしもわかってたつもりでいたが、まさか雇い人を残して一人で逃げるとは。おまえさんは結局、いいようにあしらわれたってことかねえ」

懐から銀煙管をとり出した山野屋に、長っ尻を制するつもりで用向きを訊ねた。

「いやね、あたしも金貸しの元締をしている以上、黙って見過ごすつもりもなかったが」

ずっと高みの見物を決め込んでいたくせに、山野屋はするりと言ってのけた。

「お照にまで泣かれちゃあ、まるであたしが何かしたみたいで義理が悪いじゃないか」

「お照？　お照が何か言ったんですかい」

山野屋の潰れた顔が、さらに嫌らしく横にひしゃげた。

「今朝うちへ駆け込んできてね、あんた一人じゃどうにもならぬから助けてほしいと言うのさ。あたしは鬼でも蛇でもないからね、早速あの娘の頼みをきいて、こうして……」

後の長口上《ながこうじょう》は、逆の耳から抜けて行った。昨晩はこっちも動転してたから、お照のようすに気がまわらなかった。あれほど嫌い抜いていた山野屋に身をさし出してでも、おれを助けようっていうのか。

――なんて馬鹿なやつだ

あの小さなお照が総身で庇《かば》わなければならぬほど、昨日のおれは不甲斐なかったってことか。恥ずかしさと怒りで、からだが熱くなる。

「まあ、札差の代わりに貸せるほどの金はないがね、こう言っちゃなんだが、これでも方々に顔がきく。おまえさんの気持ち一つで、なんとか御上に捕まらぬよう計らうくらいは」

山野屋の吐いた煙が、顔にまとわりつく。お吟の煙草とは違う上物の香りは、おれの怒りに油を注いだ。口を塞がれ火にかけられた土瓶の蓋が、ぽん、と弾けた。

「元締、あんたのだだ広《びろ》い顔を見込んで頼みがある」

常とはまるで違う昏《くら》い声に、山野屋は怪訝《けげん》な顔を向けた。

お武家衆の文句を黙って堪えていたのは、考えあってのことだ。膝詰談判を受けながら合間を縫ってはお膳立てに精を出したが、相手を仕留める決め手が欠けていた。だからこそ踏み切れなかったものだが、いまの話で腹を決めた。

「これからあっしと、浅草諏訪町までご一緒していただけやすか」

「なんだって浅草なんぞに。だいたいこんな遅い刻限に……」

値の張りそうな綿入れの胸座を摑み、ずい、と顔を近寄せた。

「札差の上総屋伝兵衛《でんべえ》に、顔繋ぎしてもらいてえんだよ」

山野屋の歪《いびつ》なからだがこわばった。

浅草諏訪町の上総屋に辿り着くと、嫌がる山野屋に閉じた大戸を叩かせた。

上総の屋号を持つ札差は何軒もあるが、上伝《かずでん》の身代は中の下といったところか。長谷部の義正殿と、つきあいのある札差だ。

「あんたが浅吉さんかい。たいそうなやり手だと、噂はきいておりますよ」

座敷に入ってきた上総屋伝兵衛は、水気の抜けた蛙のように萎《しお》れて縮こまった山野屋を一瞥《いちべつ》したが、こちらの非礼を咎めることもなく上座についた。

品よく相応の肉がついた、初老の男だった。ふっくらとした口許に笑みをたたえ、あたりも柔らかい。だが目尻の垂れた小さな目だけは、少しも笑っていなかった。

「こちとら貧乏暇なしなもんでね、挨拶は抜きにして、用件だけ言わせてもらいますぜ」

茶も出ぬ前から、気短に切り出した。はなっから喧嘩するつもりでここへ来たのだ。

「旦那が札差仲間に頼んだ貸し渋りを、さっさと解いちゃもらえませんかい」

「なんのことやら、さっぱり……」

「おれが関わったお武家衆のうち、五軒がここどつきあいがあった。他の札差はせいぜい一、二軒。おれへの嫌がらせなら、陰で糸を引いてるのは旦那しかいねえんだ」

上総屋の苛《いら》つくような笑みは崩れない。

「それにな、ここより他の札差は、たいした損は蒙《こうむ》っていねえ筈だ。おれが片付けたなぁ、高利の借金だけだからな。ご定法通りの一割二分貸しは、ほとんどそのまま残してある。だが上総屋さん、あんただけは大損だったろう。寺坊主や後家や小店を使って巻き上げていた裏金が、ぴたりと止まっちまったんだからな」

貼りついていた笑みが剝《は》がれ落ち、上総屋は小賢しい穴熊のような面相になった。代わりにこちらが、にやりと笑う。

「あんたの客の五軒には、必ず尾ひれがついていた。五福寺の別当は、お内儀さんの弟だってな。磯部某ってえ後家も、あんたの縁続きだ。そしてこの山野屋さんは、昔ここの手代だった」

まるでてめえが粗相をしたように、山野屋がさらに肩をすぼめた。

「もういい」

上総屋が低く遮った。おれが言った三軒の他にもう一軒、山野屋同様、上総屋の息のかかった搗米屋がある。上総屋はからくりが見破られぬよう、この都合四軒を色々に組み合わせ、客のお武家衆に金を借りさせては奥印金や月踊りをせしめていた。

「売られた喧嘩は買うしかねえ。こっちもきっちり調べさせてもらったよ」

「この上総屋伝兵衛を脅す気かい。そんなことをして、ただで済むと思っているのか」

「町方に訴えれば、今度はあんたの尻に火がつく。ひょっとすると、札差株を御上に返上ってことにも……」

「若造が黙ってきいてりゃ調子に乗りやがって！　いい加減にしやがれい！」

叫んだのは、脇に控えていた手代だった。隙のない物腰から、並の手代ではないと見当をつけていた。手代の啖呵とともに襖が開き、三人の男たちが座敷に雪崩《なだ》れ込んだ。

「へえ、対談方のお歴々かい」

旗本御家人の中には、浪人ややくざ者を使い乱暴な無心をはたらく輩がいる。そういう連中の相手をさせるために、札差は対談方を雇うようになった。日頃は達者な弁舌で客に応じ、いざとなれば商人の面を捨て、やくざに早変わりする。

「あたしらを敵にまわそうなんて、馬鹿な考えは起こさぬことだ。そうすれば命だけは助けてあげよう。さっさと江戸から出て行くがいい」

上総屋の顔に、また笑みが戻った。ただし、先刻までとは似ても似つかぬ冷たい笑みだ。

「旦那、このまま帰すおつもりですかい。そいつは危ねえ料簡《りょうけん》だ」

「こいつはからくりを知り過ぎてる。このまま堀に沈めちまったほうがいい。いまなら世間は、夜逃げだと思うに決まってる」

物騒な相談を始めた対談方を、鼻で笑った。

「ふん、やれるもんならやってみな。四人そろって真冬の堀に、尻を突き出して浮かぶのがおちだ」

「てめえ、どうあっても死にてえようだな！」

右から男が摑みかかってきた。立ち上がりざま相手の顎《あご》を、下から殴りつける。くぐもった呻き声が漏れ、男は口を押さえて畳をころげまわった。顎は割れていない筈だが、歯が折れたか舌でも嚙んだか、指のあいだから血がこぼれ出す。

「こいつ！」

残る三人の気配が、一斉にふくらんだ。身を翻して振り返ると、行灯の灯に匕首《あいくち》の刃が鈍く光った。先手を打って飛びかかり、刃をよけながら首の裏に肘を入れる。前のめりになった男を倒れるように組み伏せて、背から馬乗りになると、腕をねじ上げ匕首をとり上げた。

「動くんじゃねえ！」

左手で男の髷を摑み、匕首の刃を右の首筋に当てた。

「動くとこいつの血で、畳が汚れちまうぜ」

当てた刃にわずかに力を入れる。細い血の跡がつき、尻の下で男のからだがこわばった。

畳に根が生えたように無傷の二人が棒立ちになり、上総屋伝兵衛がごくりと唾を吞んだ。

山野屋など、いの一番に隅の柱にかじりつき、こちらを窺っている。

「……おまえさん、堅気じゃないね」

「臭うかい？　あんたたちと同じに、腐った臭いはなかなか取れねえらしいな」

「おまえ、どこの者だ？　いったい誰がなんの目論見《もくろみ》で、おまえを寄越した？」

「そいつをあっさり吐いちまうほど、間抜けじゃねえよ。だがな、旦那。たかが鼠一匹と、侮らねえほうがいい。おれ一匹を踏み潰せば、その陰から何十、何百もの鼠を呼び寄せることになる」

はったりの脅しだった。欠けた決め手は、こいつで補うしかない。

「……あたしに、どうしろと？」

「手間要らずの取引さ。あんたにとっても悪い話じゃねえ。とりあえず落ち着いて話をさせちゃもらえねえか。おれはいつまでも男の上に乗っていたくねえんでな」

上総屋が応じ、怪我をした一人を含め、四人の対談方と山野屋を下がらせた。おれは上総屋の正面に座し、匕首を脇に置いた。

「おれはあんたの裏商いに目をつむる。誰にも漏らさねえし、むろん御上に訴えたりもしねえ。あんたはおれたちの小金稼ぎに水をささねえ。おれが関わったお武家衆が頼みに来たら、これまでどおり金を融通してほしい。これでどうだい」

最初に仕掛けを見つけたとき、長谷部の義正殿には種を明かしたが、まあ、障りはなかろう。上総屋や山野屋とやり合うつもりもなかったから、他の得意先では黙っていた。

上総屋は穴熊が巣穴から外を覗くような、用心深い眼差しを向けたままだ。

「ただしおれの客があんたに繋がる高利貸から借りてた場合、こいつはとっとと返させる。それがこっちの商売だからな。だが心配はいらねえ。おれたちが面倒見切れる数なんざ、たかが知れてる。いくら頑張ったところで、せいぜいあんたの米俵から数粒掠めとるのが関の山だ。あんたは黙って、俵にあいた穴を塞ぐことに励めばいい」

「おまえさんのように、いつ化けるかわからない鼠を、黙って見過ごせというのかい」

「そうだ。たしかにおれはやくざ者だが、いま三軒町でやってる商いは一家とは関わりねえ。ちょいと仔細ってやつがあってな、そいつが済めば金貸し稼業ともおさらばだ。石見銀山《いわみぎんざん》でおれ一匹を始末して、たくさんの鼠の恨みを買うよりは、ほんの数粒くれてやるほうが世話なしだ。違うかい?」

しばし考え込んだ上総屋は、顔を上げるとこう言った。

「もう一つ別のいい手がある。うちの対談方にならないか。おまえさんならうってつけだ。手当は弾む。考えてみちゃくれないか」

対談方の給金が、滅法いいことは知っていた。古参の手代にも引けをとらず、腕次第ではさらに上も望むことができる。金と一緒にお吟に逃げられたおれには、悪い話じゃない。だが乗り気にはなれなかった。

「せっかくだが、そいつはお断りだ。仔細があると言ったろう。そんなに気掛りなら、おれに見張りでもなんでもつけりゃいい」

「おまえさんが否と言うなら、しばらくそうせざるを得ないだろうがね、本当に駄目かい？」

「ああ、やめておくよ。お武家相手は疲れるからな。そう思わねえかい？」

たしかにな、と上総屋は、太いため息とともに呟いた。


上総屋は取引を呑み、得意先のお武家衆は、無事に各々出入りの札差から金を工面することができた。元締の山野屋に至っては、何も言わぬうちから、お照には金輪際関わらぬと自ら伝えてきた。

世間並みに慌しい師走を乗り切り、どうやら大晦《おおつごもり》までこぎつけた時には、心《しん》からほっとした。

この日おれは、長谷部家へ赴いた。

「お頭つきの鯛に数の子とは、いったい何年ぶりであろうか。この先も十年は口にできぬと思うておったわ」

持参した土産を義正殿はたいそう喜んでくれたが、すぐに心配そうに眉をひそめた。

「したが浅吉、お吟に逃げられて一文なしであったろう？　どうやって購《あがな》った？　また何か、無理をしたのではないか？」

このお人らしい気遣いに、おれは笑って、魚屋からの貰い物だと明かした。ふた月前までおれの客だったその魚屋は、商売が有卦《うけ》に入った礼と、暮れの挨拶だと言ったが、どうやら一人残されたおれを憐れんでくれたようだ。お吟の噂が広まると、この手の節介がずいぶん増えた。行く先々で煮豆やら大根やらを渡されて、おかげで食うには困らなかった。柄にもなく、人情なんてものがひどく身に沁みた年の瀬だった。

だが誰より世話になったのは、この長谷部の義正殿だ。

「旦那の恩に報いるには、このくらいの礼じゃ追いつきやせん。旦那はあの時からだを張って、おれを庇ってくれやした。あの土壇場で、最後までおれを信じてくれた。おれがここにこうしていられるのは、みんな旦那のおかげです」

深々と頭を垂れた。

「よせよせ、そんなことはお互いさまだ。おまえがちゃんと三日の限《き》りを守ったおかげで、皆は金を用立てることができた。わしの面目も、大いに上がったわ」

いつものように屈託なく笑うと、義正殿はおれを無理に屋敷へ招じ入れた。母上とご新造様にお子たちまで一緒の席には大いに恐縮したが、思いがけず賑やかな大晦を過ごすことができた。長谷部の家を辞しても、気持ちのいい酔いがからだに残っていた。

しかし三軒町に帰りつくと、その酔いもふっとんだ。誰もいない筈の家に、灯りがついているのである。おそるおそる中を覗くと、

「おや、お帰り」

お吟が何事もなかったような顔で、座敷で煙草をくゆらしていた。

——こんの糞婆あ
腹の中で毒づいて、不機嫌を満面に出しどっかと胡座《あぐら》をかいた。お釈迦様の後に、鬼婆だ。お吟の厚顔が、ますます癪《しゃく》にさわる。

「いままで、どこにいたんだよ」

「ちょいと品川の知り合いのところにね」

そんな見知りなぞ、きいたこともない。大方どこかの木賃宿にでも居たのだろう。

「こっちは片がついたようじゃないか」

「あんたが居りゃ、もうちっと早く収まっただろうがな」

「もともとおまえの蒔《ま》いた種だ。手前の尻を手前で拭くのは当り前だろ」

お吟はまるで悪びれず、灰吹きに雁首《がんくび》を叩きつけ新しく刻みを詰めた。

「年の内に間に合ったのは有り難かったね。やっぱり正月は我家で過ごしたいからね」

お吟は、長い煙を吐いた。

馴染んだ安煙草は、天《てん》こ盛《も》りのおれの文句を煙に巻いてしまったようだ。座敷の内に濃く漂ったその香りに、何故だかおれは安らいでいた。

六

田舎では、辛夷のことを田打桜《たうちざくら》とも呼ぶ。花が咲く頃に、田起こしや種蒔きを始めるからだ。勘左の住処も、毛の薄い猫柳のような蕾《つぼみ》がゆるみ、先から白い花びらが顔を覗かせた。

その日は、二月とは思えぬほどに冷え込みのきつい一日だった。朝から重く雲が垂れ込め、いまにも雪でも降ってきそうだったが、夕方まではなんとか持ち堪えた。

天気のせいもあって、おれは珍しく日暮れる前に三軒町へ戻った。勘左は辛夷の上で、寒そうに丸くなっていた。あと半月ばかりで花の盛りになる。真っ白な木の上に、黒い烏がちょこんととまっている姿を思い浮かべると、口許に笑みが上った。

勘左にひと声かけようか。生垣越しに辛夷に近寄ったとき、往来から二人の男の話し声がした。声はだんだん近づいて、家の前にさしかかった。肩に道具箱を担いだ仕事帰りらしい二人の大工だったが、片方の男の声が、やたらとでかい。思わずくくっと笑った。

「まるで、おっさんみてえだ」

厚みのある大柄な背格好が、師匠を思い出させた。声のでかいのはどうやらその男のようで、よくきいてみると、声や話し方までどことなく似通っている。入れ物が似てると、そんなとこまで似るものか、とさらにおかしくなった。

「それで、かみさんにはなんて言ったんだい」

「何も言うものか。いつもの如く、酒持って来いって怒鳴ってやったさ」

おっさん似の男がそう答え、はっはっは、と大声で笑った。

笑い声まで似てやがる。そう思ったとき、信じられねえことが起きた。

「がっはっは、酒持って来い」

叫んだのは勘左だった。二人の大工が、驚いて足を止めた。

「がっはっは、酒持って来い、酒持って来い、がっはっは」

狂ったように叫び続ける勘左を、男たちは目を丸くして見上げている。

「やめろ、勘左！」

日頃おれのいいつけをすぐに察する勘左が、どういうわけだか叫ぶのをやめない。勘左の甲高い声が路地に響き渡り、ききつけた近所の連中が、ぽつりぽつりと集まってきた。

「どうしたってんだい、騒々しいね」

上がり框《がまち》の障子の奥から、お吟の声がした。

「がっはっは、酒持って来い、吉……」

頭の中が、真っ白になった。おれは石を拾い、勘左目掛けて投げていた。

石は見事に命中した。勘左は、ギャッ、とひと声叫び、逃げ去った。

「いったい、どうしたのさ」

勘左が飛び立つと同時に、お吟が顔を出した。外の人垣にぎょっとして、しきりに訊ねたが、ひと言も返せなかった。

空から白いものが落ちてきた。右手に握った石の冷たさが、いつまでも消えなかった。


勘左は、戻ってこなかった。

あいつは利口な奴だ。おれに石で追われたことを、決して忘れやしねえだろう。

それでも外回りの先々で、鳥の姿を追い求めた。表店の軒、橋の欄干、水辺の松の木。黒い鳥の姿はどこでも見掛けたが、腹の禿げた鳥はどこにもいなかった。辛夷の花だけが、まるでおれを責めるように真っ白に咲き誇っていた。

「どうしたんだい」

朝餉の膳を前にして、お吟がおれを見ていた。

「え」

「さっきから、箸が止まってるよ」

言われるまで、気づかなかった。

「……ああ、今日の算段を立ててたもんで」

このところ、こんなことが多くなった。靄《もや》でも詰め込まれたみたいに、頭がうまくまわってくれねえ。がむしゃらに仕事だけはしちゃいるが、ふと気がつくと、ぼんやりと往来に突っ立っていたりする。

「おまえ、ここんとこおかしいよ。もしやと思うが、あの烏のことを気にしてんのかい」

まさか、と笑い飛ばすつもりが逆に、顔の筋がこわばった。

「わめき散らす烏を追っ払った、それだけじゃないかえ」

「……いや、石をぶつけるなんて可哀相なことしちまったなって、それだけだ。弱い者苛《いじ》めみてえで、後味が悪いんだ」

「やれやれ、たかが烏に、そこまで肩入れするとはね」

何も知らぬお吟は、呆れ返っている。

いや、呆れてるなぁおれのほうだ。こんなに勘左を頼みにしていたなんて、てめえじゃちっとも気づいていなかった。身のまわりでほんとのことを話せる相手は、勘左だけだった。

答えが返って来なくとも、勘左は黙っておれの話をきいてくれた。

一人になると、得体の知れぬものが堰《せき》を切ったように襲ってきた。日によってそれは、足許から崩れてゆく砂のような頼りなさだったり、襟元から忍び寄る冷たい霧だったりした。

そんな時、つい吉原へ足が向いた。だが、いつも途中で行くのをやめた。錆《さ》びて脆くなったおれの箍《たが》が、お妙に会うとばらばらに外れちまいそうで恐かったのだ。

その日も、越えたばかりの両国橋をまた返した。あとは無闇やたらと得意先を走りまわり、くたびれ果てて三軒町に戻った。辛夷の花も盛りを過ぎた。花に埋もれた勘左の姿は、遂に拝めなかったな、と重いため息をついたとき、目の前の闇が動いた。

「お帰りなさい」

玄関先に蹲っていたのは、お照だった。

「何してんだ、こんなとこで」

知らずに声が険しくなった。

「ごめんなさい、明るいうちにって言いつけを忘れたわけじゃあないんだけど……」

おれにとって、お照は鬼門だ。間の悪いときに現れ、見当違いの節介を焼く。

「その、浅吉さんが塞いでるって、お吟さんからきいたもんだから……」

立ち上がったお照の腕を摑み、引きずるようにして木戸門を出た。

「あの、浅吉さん……」

「送ってく」

後ろも見ずに言って、大股で路地を進む。今日は幸い、月も明るい。

竪川にかかる三ツ目橋の真ん中で、ふいに背中のお照が、叫ぶように言った。

「あの鳥、可愛がってたんでしょ！」

橋に釘付けされたように、ぴたりと足が止まった。摑んでいたお照の手首を放す。

「たかが鳥ってお吟さんは言ってたけど、そうじゃないんじゃないかって。あの鳥、とっても浅吉さんに懐いてたもの。あたし、思ったんだけど、もしかしてあの鳥……元から浅吉さんのもんだったんじゃない？　浅吉さんと一緒にあの家に来たんじゃ……」

「おめえに何がわかる！」

振り返りざま、叫んでいた。お照の小さなからだが、びくんと弾んだ。

「おれの前で、二度と鳥の話なんかするな」

お照が恐ろしげな顔で、おれを見詰めている。おれはいま、鬼のような形相をしてるに違いない。そうとわかっちゃいたが、止められなかった。

「もうおれに構うな。おめえが見てるおれは嘘っぱちだ。まめで気働きのある浅吉も、愛想のいい浅吉も、みんな嘘だ！　おめえと八百徳を引き合わせたのも、おめえを助けるためなんかじゃねえ。金のためだ。貸した金を返してもらいたかった、それだけだ！」

大きく見開いたお照の目から、ぽろりと涙がこぼれた。

「……それでも……あたしは有り難かった。売られずに済んで……おっかさんの許にいられて、とっても有り難かったんです……」

言うなり、袂《たもと》で顔を覆って駆け出した。橋に響く軽い草履の音が遠ざかる。

おれは追わなかった。からだ中が、砂利でも詰められたように重かった。

次の日はさらに忙しかった。三軒町に戻ってからも、さらに何人か客があり、遅い晩飯を終えると、畳の上にひっくり返った。夜明けから日暮れまで外を駆けまわり、それからおれを待ち兼ねている客の相談に乗る。毎日ぼろ雑巾のように、くたくただった。

「繁昌なのはいいけどね、そろそろおまえ、捌ききれなくなってんじゃないのかえ」

お吟は傍らで、ぱちぱちと算盤を弾いていた。

「そうだな、いまのやり方じゃあ、この辺りがいいところだな。そろそろ他の手を考えなきゃいけねえな」

「これよりまだ儲けようってのかい」

「あたぼうよ、あと三倍は稼いでやるぜ」

「そんなに稼いで、どうするつもりだい」

　ふと気づくと、算盤の玉の音がやんでいた。

「……どうするつもりもねえけどよ、金ならいくらあったって、邪魔にはならねえだろ。一両儲けりゃ、次は二両儲けてえと、誰だってそう思うもんじゃねえのかい」

　気楽な調子で言ってから、お吟の方を振り仰ぎ、ひやりとした。行灯の灯りに、お吟の顔が浮いている。しぼんだような顔の中で、二つの目だけがいつになく鋭く、こちらを見据えている。おれはあわてて起き上がった。

「なんだよ、いったいどうしたってんだよ、なんか気に障ることでもあったのか？」

「おまえは、気味の悪い男だね」

　黒く澱《よど》んだ濁り水のように、湿った声だった。

「そんなに金が欲しけりゃ、どうしていつまでもここにいる。おまえほどの才と腕がありゃ、自前で金貸しができるだろうが」

「元手もねえのに、金貸しができるわけねえだろう。どっかの誰かにみいんな吸い上げられて、子供の小遣いくれえの金しかねえんだぜ」

「小遣い銭が気に入らぬなら、どうして上総屋の誘いを断ったんだい」

「え……？」

「対談方にしてやるって、そう言われたんだろ。給金はここの何十倍だい。そんなうまい話を、断る理屈がどこにあるんだえ」

思わず舌打が出た。

見張りのつもりか、しばらくのあいだ入江町の元締山野屋が、ちょくちょく三軒町を訪ねてきたが、二月に入るとそれも途絶えた。

上総屋は山野屋を通じ、あれからもしつこく対談方の口を勧めてきたが断りとおした。話が話だけに、お吟にもれることはなかろうと踏んでいたが、ようやく上総屋が諦めた途端、山野屋が余計なおしゃべりをして行ったのだろう。

「入江の元締も呆れていたよ。おまえはあたしに、どんな義理があるのかってね。いまからでも遅くない。あたしは別に構わないよ。元の暮らしに戻るだけだからね」

いつものように調子のいい返事ができなかった。

たぶん、ひどく疲れていたせいだろう。

「高い給金には、それ相応の理由《わけ》がある。対談方は、いわば札差の汚れ役を一気に請け負うのが仕事だ。正直、面白えようにも思えねえ。なによりおれは、上総屋の旦那を好きになれなかった」

本当のわけを言えないおれは、それらしいことをぶつぶつと呟いた。おれの見立てじゃ、お吟の金は五十両にはなっている筈だ。ここまで増やすのに費やした時と手間を、無駄にしたくはなかった。いくら対談方でも所詮は給金、それだけ貯めるなんてできやしねえ。

「あんな古狸に使われるくれえなら、お吟さんの雇い人でいたほうが、よほど気楽だ。そういうわけだから……」

お吟はさっきと同じに、おれをじっと見詰めている。だが疑心に憑《つ》かれた射るような眼差しは消えて、代わりに合点が行かぬと言いたげな、奇妙なものが瞳に浮いている。

「おまえの顔は、どこかで見たような気がするよ」

脳天に雷が当たったような気がした。絵蠟燭が溶けたみたいに、頭ん中に色んな色が流れ出す。とにかく、何か言わねえと。

「そりゃあそうだ。こうして毎日見てんじゃねえか」

「そうじゃない、もっと前だ。おまえがここに来るより、ずっと前……」

お吟は眉を寄せた。なんとかして思い出そうとしてるんだろう。

思い出すだろうか。

ふいにそんな考えが、頭をよぎった。いまはまだ駄目だ。そうとわかっている筈なのに、お吟が答えに行き着くことを、待ち受ける気持ちがどこかにあった。

固唾《かたず》を呑んで、お吟を見守る。

遠くで盛りのついた猫の、耳障りな鳴き声がしたが、すぐにやんだ。あとは風の音さえない、静かな夜だった。

お吟が、深いため息を一つついた。

「だめだ、だめだ。年は取りたくないね。どうしても出てこないよ」

強張っていたからだ中の筋が、湯に浸かったときのように、ゆるゆるとほぐれていく。安堵の底に、少しばかりの苛立ちが残った。なんで思い出さねんだ。

だが安心した途端、いつもの軽口が戻った。

「大方、昔の男の中に、おれによく似た色男でもいたんじゃねえのかい」

お吟は、そうかもしれぬ、と言いたげな顔になった。

「そういやお吟さんは、若い頃何してたんだ？　さぞかし別嬪《べっぴん》だったんだろうな」

「ふん、世辞には及ばないよ。ほんとに器量よしで通ってたんだから」

「はは、こいつは参った。で、どんな暮らしをしてたんだい？　浅草の料理屋で女将をしてたってのは前にきいたな。なんで手放したんだ？　所帯を持ったこたぁねえのか？　ひょっとして後家さんか？」

さっき覚えた苛立ちの腹いせに、矢継ぎ早に訊ねる。

「あの料理屋は、旦那にやらせてもらってたのさ。水茶屋勤めをしてたとき、大きな呉服問屋の旦那に見初《みそ》められてね、妾に収まって、旦那の道楽で料理屋の女将になった。ところが旦那が忙しい人で、滅多に姿を見せないのをいいことに、通いの板前とできちまった。案の定旦那にばれて、二人一緒におん出されたのさ」

ぞんざいに言い捨てたお吟の顔に、これまで見たことのない笑みが浮かんだ。

「けどその板前が、真面目な男でね。あたしにしちゃ珍しく、五年ばかりは穏やかな暮らしができた。子供も一人、女の子が産まれてね」

「子供がいたのか」

「流行り病で二人一緒に、あっという間に亡くなっちまったよ」

乾いた語り口調が、かえって哀れだった。

「そっから先は、碌な男がなかったね。あたしの稼ぎはみいんなそいつらに吸いとられちまった。ようやく目が覚めたときは、もう男に見向きもされなくなった頃さね。一人で金を貯めようと思い決めて、それからは着物一枚買わなかった」

それが松風の仲居頭からきいた、上野の料理茶屋にいた頃だろう。

お吟が、欠伸《あくび》をもらした。

「さ、明日も早いんだ。もう寝るよ」

どっこらしょ、と掛け声をかけて立ち上がったのを汐に、おれも宛がわれた四畳半に引っ込んだ。煎餅布団に手足を投げ出すと、着物が湿っていることに気がついた。からだ中にみっしりと、冷や汗をかいていたようだ。

今日に限って、どうしてお吟はおれの顔に拘ったんだろう。

ふうっと眠気に襲われたとき、ああ、そうか、と思い当たった。

たぶんおれが、ひどく疲れていたからだ。いつも貼りつけている愛想笑いが、剝がれていたんだろう。そこまで考えて、気を失うように眠りに落ちた。


「おまえ、何やってんだい」

台所に立つおれの手許を、お吟が覗き込んだ。昨晩、言いたいことを言って気が済んだのか、お吟はどこかすっきりした顔をしている。

「ご覧のとおり、握り飯を作ってるのさ」

「弁当がいるような遠くに、客ができたのかい」

「これはおれとお吟さんの弁当さ。よく晴れてるし風もねえ。隅田堤《すみだづつみ》に花見と洒落こもうぜ」

「花見だってえ」

「そんな頓狂《とんきょう》な声を出すもんじゃねえよ。ちょうどいまが盛りだ。昨日通ったときも、きれいに咲いてたぜ」

「弁当持って花見なんて、この十年、いや二十年は行ったことがないね」

「そりゃあ尚更、ぜひとも行かなくちゃな」

「いつもの借方詣《もう》ではどうすんだい」

「これを作り終えたら、ちょっくら片付けてくらあ。ええっと、あとは昨日の残りの煮蕨《にわらび》に、梅干と漬け物、と。ちょいと寂しいな。戻る途中でうで玉子でも買ってくるか」

日払いの客を大急ぎでまわり、道端の玉子売りから玉子を二個買った。振り売りの煮売り屋に行き合ったんで、煮豆も購った。家に戻ると、朝はたいして嬉しそうな顔もしていなかったお吟が、おれが初めて目にする藍の着物を着込んで待っていた。

「へえ、こうやって見ると、どこぞのお店《たな》の大内儀《おおおかみ》みてえじゃねえか」

「世辞はいらんと言ったろうが。ほれ、これはおまえが持っとくれ」

弁当の入った風呂敷包みを押しつけた。

小名木川から舟に乗り、大川を遡る。水面《みなも》が見えぬくらいに、たくさんの舟でごった返していたが、川風さえも暖かな本当にいい花見日和《びより》だった。

やがて『長堤十里花の雲』とうたわれる、向島土手の桜が見えてきた。十里は大仰だが、吾妻橋たもとの水戸様上屋敷前から上流の木母寺《もくぼじ》辺りまで、二里ばかりに桜がびっしり植えられていて、薄桃色の霞が立っているようだ。

舟を降り、出店が立ち並ぶ川堤を、人に潰されぬよう婆さんを庇いながら歩いていると、横合から呼び止められた。

「おや、浅さん、おまえさんとこも花見かね」

声をかけてきたのは、仙台堀沿いに住む笊《ざる》職人だった。

「お吟さんも達者そうで、なによりだ。いい身寄りが来てくれて、ひと安心だねえ」

笊職人が女房と子を連れて人込みの中に紛れていくと、お吟は肩をすくめた。

「あの男があたしに笑いかけるなんて、恐れ入ったね。前はあたしの顔を見るだけで、三丁先まで逃げちまったもんだがね」

その後も二度ほど顔見知りに行き合って朗らかな挨拶をされ、そのたんびにお吟はいちいち目を白黒させていた。

「いったいどんな手妻《てづま》を使やあ、因業金貸しがあんな愛想を返されるようになるのかね」

お吟が呆れたようにおれを見た。言葉は悪いが、物言いに毒はなかった。

枝ぶりがやや心許ない桜の根本に敷物を敷き、お吟を座らせた。まわりには、毛氈《もうせん》敷きの上で立派な漆塗りの提重《さげじゅう》を開いたり、既に大分酒が入ったらしく歌えや踊れやの賑やかな席もあったが、おれたちのようなささやかな花見客も多かった。

握り飯と惣菜をくるんだ、二つの竹皮包みを開き、お吟の前に並べる。

「まったくまめな男だね。勝手仕事なんぞ、どこで覚えたんだい」

味噌を塗った焼き結びを、お吟は旨そうに頬張っている。

「やくざ一家の下っ端をしてたもんでな、掃除、水汲み、賄いと、なんでもやらされたのさ。飯が不味《まず》いとどつかれるからな、自ずと腕も上がるってもんよ」

「どうもおまえの話は、どこまでほんとか計れやしないね」

思わず吹き出して、腹の底から笑っちまった。こんな心地いいのは、久しぶりだ。婆さんと軽口を叩き合いながら賑やかに弁当を平らげると、仰向けに寝っころがった。こんもりとした桜の隙間から、澄んだ水色の空が垣間見えた。

「これならあの子も、連れてきてやりゃよかったかね」

ぽりぽりと漬け物を嚙む音がする。お照のことだとわかったが、おれは黙っていた。お照はあの晩の後も三軒町を訪れていたが、おれのことは避けてるようで一度も顔を合わせていない。

「おまえ、あの子をどうするつもりだい」

「どうもこうもねえ、金貸しとその客だ。返済もそろそろ仕舞《しめ》えだろ。そうしたらもう、なんの関わりもねえよ」

「おまえだってわかってるんだろう。あの子がせっせと通い詰めてる理由《わけ》をさ」

「お照はまだ十五だろう。子供じゃねえか」

「今年で十六だよ。十六と言やぁ、いつでも嫁に行ける歳さね」

「おれは今年で二十四だ。八つも離れてりゃ、いつまでたっても子供にしか見えねえよ」

お吟がため息をついた。おれが居ない分、お照の相手をしているのはお吟だ。なにくれとなく話しているうちに、情が湧いちまったのかもしれねえ。

「おまえにその気がなけりゃ、仕方ないがね。他に好きな娘でもいるのかい」

閉じた瞼《まぶた》の裏に、お妙の顔が浮かんだ。細面の優しげな顔立ちに、瞳の勝った目だけが、責めるようにおれを見詰めている。目を開けても、桜霞の中にその顔が残っていた。

「いいや、いねえよ。所帯を持つような甲斐性もねえしな。それともなにかい？　給金をごっそり上げてくれるとでもいうのかい？」

「そいつは御免だがね」

「だったらおかしな話を持ち出さねえでくれ。おれには安長屋を借りる金さえねえんだぜ」

「うちに間借させてやるよ。一人も二人も変わらないからね」

そういうことか。たぶん婆さんは、お照を気に入っているんだろう。おれとお照と三人で、あの家で暮らす夢を頭に描いちまったのかもしれない。たしかにそれは、悪くない。あの娘となら婆さんと三人で、穏やかに暮らせるだろう。

だが、それはできねえ相談だ。

「お吟さんは、耳は達者だよな」

「あたりまえだろう、天井裏の守宮《やもり》の音だってきこえるよ」

「だったら、おれがあの家に嫁を取った日にゃあ、その晩から眠れねえこと請け合いだぜ」

「ああ、そうかい。そんときゃあ、耳に鉛でも詰めとこうかね」

お吟が、真っ赤になって顔を背けた。


花見はよい気散じになったようで、その日は二人とも機嫌がよかった。

日頃は金を惜しみ、甘い物など滅多に口にせぬお吟も、堤に出ていた屋台に惹かれ、団子を買うと言い出した。おれは少し離れたところで待っていた。

お吟が団子の包みと釣銭を受けとった、そのときだった。お吟の腰に、子供がぶつかった。右手からこぼれた釣りにお吟が目を落としたとき、別々の方角から、二人の子供がお吟の両手に飛びついた。

「あれっ！」

お吟の左手から団子が、右手からはぶら提げていた芥子《からし》色の巾着が、掠めとられていた。

二人の子供は、瞬く間に各々逆の向きに走り去った。

「誰かそいつらを摑まえてくれ！　掏摸《すり》だあっ！」

団子屋の親父が叫んだ。

「ここに居てくれ」

お吟に言い置いて、片方の子供を追ったが、とりあえず巾着が先だ。人込みの中に見え隠れする姿を必死で追ったが、なにせこの混みようだ。人垣に邪魔されてさっぱり進まず、すぐに見失っちまった。それでも諦めきれず屋台の陰なんぞを覗いていると、真上で鳥の声がした。

「あっ！」

飛び去る鳥の姿が、一瞬見えた。咥えていたのは紛れもなく、お吟の芥子色の巾着だ。

「鳥が猫糞《ねこばば》したのか……それとも……」

黒い点が消えた南の空を、ぼんやりと眺めた。腹は禿げていないから、勘左じゃない。だが、足に血がついていたように思えて気になった。

「逃がしちまったようだね」

さっきの団子屋に戻ると、お吟はその傍らで待っていた。金を取られたことがよほど応えたらしく、むっつりと塞いでいる。

「十かそこらの子供が徒党を組んで悪さをするとは、世も末だね」

「子供が何人か固まって盗みを働いてると、ここんとこ幾度か耳にしたことがあるよ」

気の毒そうに言う団子屋の親父に、おれは訊ねた。

「そりゃあ、この辺りの話かい？」

「いや、本所深川界隈のあちこちみてえだ。浅草に出たって話もあったな。こんなふうに人出のあるところがいちばん狙われるらしいが、その辺の往来で財布や荷物をかっ払われたって、そんな話もあるよ。必ず何人かで襲って散り散りになって逃げちまうもんで、摑まえようがねえらしい」

まるで烏だ。

おれは師匠の話を思い出した。烏が他の鳥の雛を奪うとき、役目を決めて合力して襲う。いまの話は、それと同じだ。

「おまえの口車に乗せられて、あんなところへ出てったおかげで大損しちまった」

三軒町へ戻っても、お吟の機嫌は直らなかった。

せっかくの花見はとんだことになっちまったが、おれはさっきの烏が南へ向かって飛び去ったことが頭から離れなかった。向島の南は、この深川だった。

七

おれは行く先々で、子供のかっ払いについて訊ねるようになった。

結構噂になってるらしく、話はあちらこちらで拾えたが、どれも団子屋の親父からきかされた話と大差はなかった。

「その子供らが、鳥を飼ってるなんて話は、きいたことねえかい？」

そういう問いも投げてみたが、皆首を捻《ひね》るばかりだ。

だが客の一人から、隣町の菓子屋の主人が子供に荷物を取られたときいて、その菓子屋を訪ねてみた。

「いや、もう、ひでえ子供で」

「盗みを働いたなぁ、一人かい？　他に何人かいなかったか？」

「あたしが見たのは一人だけさ。あの顔は、いま思い返しても腹立たしくなるよ」

小僧を連れて、大口の得意先に菓子を届けに行く途中だったという。菓子の入った大きな風呂敷包みを提げた小僧が、何かに蹴つまずいた。風呂敷包みが大きくはねて、あわや菓子と一緒に小僧が倒れ込みそうになったところを、横から支えた腕があった。

「危ねえなぁ、気をつけろや」

小汚い形《なり》をした、十くらいの男の子だった。

「おお、危ないところだった。こら、おまえはなんて粗忽者《そこつもの》だい」

菓子屋の主人は小僧を叱りつけ、

「いや、助かった。おかげで客に届ける菓子を駄目にせずに済んだ」

と、礼を言い、小銭を与えようとした。その惨めなようすから、往来で荷物持ちや車押しをしながら僅《わず》かな駄賃を稼いでいる類だと考えた。だが、子供は申し出を受けなかった。

「別にいいよ。小遣い目当てじゃねんだから。それよか中身は大丈夫かい？　手を貸したとき、包みを強く押さえ過ぎたかもしれねえ。潰れちゃいねえかい？」

主人は子供の勧めに従って、すぐ傍にあった茶店の縁台で包みを広げた。

「あたしは駄賃代わりに、その子に茶店の饅頭を振る舞ったくらいだ。それがどうだろう。小僧と一緒に菓子を検めてるうちに、あたしの腰から煙草入れを抜きやがった。小僧が見つけて、あっと声をあげたとき、恐ろしいじゃないか、その子は小僧と目を合わせて、たしかににやりと笑ったってんだからね」

一目散に逃げる子供を小僧に追わせ、騒ぎをききつけた往来の者も二人ばかり加勢してくれたが、やがて空手で戻ってきた。がっかりはしたものの、品を納めるのが先だと腰を上げると、今度は茶店の縁台にあった筈の菓子包みがない。青くなって茶店の者にたしかめたりもしたが、いまの騒ぎに気を取られ、何も見ていないという。腸《はらわた》が煮えくり返ったが、それよりも品納めが駄目になった気落ちのほうが大きかった、と主人は言った。がっくりと肩を落とし、先方へ謝りに行く途中、横道から声がかかった。

「あ！　おまえ！」

先刻の子供だった。おまけにその手には、菓子包みを携えている。

横道に姿を消した子供を追うと、その道は先が板塀のどん詰まりになっていた。

「おっと、そこで止まってくれや。でないとせっかくの菓子が駄目になっちまうぜ」

突き当たりで子供は向きを変え、風呂敷包みを両手で高く掲げた。その足許には、大きな水溜りがあった。

「わ、わ、それだけはやめてくれ。そいつを納めないと大変なことに」

「わかってら、これでもおれは話のわかる男だからな。あんたの財布となら、この菓子をとっ替えてやる。どうだい、悪かねえだろ」

否も応もなかった。財布を放り、後ろを向いて十数えろという指図に従った。

「八つ、九つ、とーお！」

小僧と一緒に大きな声で数えて振り向くと、菓子包みとその上に、最初に取られた煙草入れ、さらに中身のなくなった財布が置かれており、子供の姿は消えていた。

「塀の向こう側に降りたようで、まったくありゃ掛値なしの盗人《ぬすっと》ですよ。おまけにね、ふざけてるじゃありませんか。も一度中身をたしかめてみたら、菓子が十三個、掠めとられていたんですよ」

「十三個……」

面白えことをきいたと思った。

「じゃあ、客にはやっぱり平謝りですかい？」

「いや、もしものときのために二十個ばかり多く入れてたもんで、事無きを得たが」

「ひょっとして、子供のいる前で、その話をしやせんでしたかい？」

「え？　ああ、そういや、茶店で検めたときに、したかもしれないねえ」

笑いを堪えるのに苦労した。

「で、町方には届けたんで？」

「いや……取られた金は一分にも満たなかったし……殊更騒ぎ立てるのも大人気ないと思ってね……」

急に歯切れが悪くなった。なるほど、いったんこそ泥に取られた菓子を、そのまま納めたことが先方にばれると、きこえが悪いということか。

子供の顔形を訊ねると、眉《まみえ》の濃い大きな目で、山猫のような顔つきだと主人は言った。その子が、かっ払いの頭目に違いない。お吟の巾着を掏摸とった奴の顔は見えなかったが、やっぱりそいつのような気がした。

たいした餓鬼だ。仕掛けの凝りようも念が入ってるが、金だけ取って他を返したところが、なにより賢い。煙草入れや財布を売れば、足がつく。菓子を取れば、主人は町方に届け出ただろう。大胆だが、勘所は押さえてる。たった十かそこいらの餓鬼が、どうやってそんなことを身につけたのか、俄然、興が湧いた。なんとしてもその餓鬼に会ってみてえ。

最後に一つだけ訊ねた。

「その餓鬼に会ったとき、辺りに鳥を見かけなかったかい?」

しばらく店の天井を見上げていた主人は、やがて言った。

「そういや、いたよ。子供が消えた後、路地の板塀に鳥が三、四羽もとまってた。中の一羽が妙でね、足のつけ根に、小さな赤い布切れを巻いていた」

血がついていたように見えたのは、赤い布だったのか。そうと合点が行くと、おれは何やら嬉しくなった。

町中の一本榎や、田んぼの中の雑木林。

菓子屋の主人を訪ねた日から、暇さえあれば鳥の塒《ねぐら》を探すようになった。深川界隈で夕暮れどきに鳥が戻ってくる場所を訊ねては、そのまわりをうろついた。洲崎《すさき》十万坪の松林には数百羽はいそうな大きな群もあったが、それらしい子供の姿はなかった。

ひと月ばかり過ぎたある日、きっかけが三軒町を訪ねてきてくれた。

あの長谷部の義正殿だ。

いくら質素倹約に努めても、お武家はちょいちょい手元不如意になる。そのたびに二両だの五両だの、三軒町へ借りにくる。もうすぐ端午の節句というその日、二両要ると言う義正殿に、おれは一両しか渡さなかった。

「なんだって二両も入用なんすか。節句の祝事《いわいごと》を催す? だったら一両で十分です。え、料理の仕出しに金がかかる? なに言ってんです、仕出しなんて奢り過ぎです。母君様もご新造様もおられるんだから、作っていただけばいいんです。冷えた仕出しを出すよか、よほどましです。わかりやしたね、はい、一両」

おれはたいがい、殊にお武家には、相手の申し出より少ない額を渡す。焦げつきを恐れての貸し渋りなのだが、渡す額でできるやりくりを教えてやれば、客も素直に応じる。

義正殿から日々の賄いぶりをききながら、話のついでに烏の塒を知らないかと訊ねた。

「烏なら、我家から二丁西へ行った、紀伊守様の下屋敷に群れておるぞ」

思いもよらない場所だった。下屋敷は、上、中屋敷に比べ、人の数がめっきり少ない。中間《ちゆうげん》が夜な夜な賭場を立てる、なんてのはまだいいほうで、中にはまともな塀さえまわさずに屋敷なしの更地ってこともある。

義正殿からきいた紀伊守様の屋敷は、たしかに烏は群れちゃいたが、人の出入りもそれなりにあって、ここは違うと踏んだ。だが、そこから川一つ渡ったところに、目当ての下屋敷を見つけた。

板囲いの敷地は長いこと使われてないらしく、一つきりの扉は固く閉ざされ、囲いの上から立派な欅《けやき》が何本も頭を出している。昼間だからそれほどの数ではないが、烏の影がいくつか見えた。這いつくばって囲いのぐるりを回ると、板の一枚が地面から大人の膝くらいまでぶち抜かれ、ちょうど子供が通れそうな穴が開いている。丈の高い雑草の茂みに隠れているが、何度も出入りしているらしく、穴の下の地面はゆるく窪んでいた。

一日中張りつきたいところだが、なにせ忙しい。出直すことにして、下屋敷だらけの武家地を抜け、大横川沿いを南へ向かった。行く手に木場が見えたとき、人声が叫んだ。

「誰かその子を摑まえてくれえ！　かっ払いだ！」

島崎町の前だった。駆けつけようとからだを転じた、ちょうどそのとき、目の前の生垣から灰色の塊が飛び出してきた。おれの姿にあわてて踵を返した小さなからだに、夢中でしがみついた。

「離せ！　離せよ！」

しきりともがくが、所詮大人の力にゃかなわねえ。さっきの叫び声は次第に遠くなる。どうやら取られた側は、見当違いの方角を探してるようだ。伸びきった長い髪やぼろぼろの着物から、饐《す》えた臭いが立ちのぼる。後ろから羽交い締めにして顔だけ横に向かせると、目の細い、きつい顔が睨みつけた。柄も十にしちゃ小さ過ぎる。

違う、こいつじゃねえ。

がっかりして小さなため息をついたとき、足に鋭い痛みが走った。

「痛えっ！」

左足の脹脛《ふくらはぎ》に、餓鬼が噛みついていた。濃い眉に、上がりぎみの大きな目。

見つけた！　こいつだ！

菓子屋の主人の目はたしかだった。必死で食らいつくその顔は、山猫そのものだ。

「逃げろ！　トミ！」

「こっちだ、早く！」

いま来た道の向こうから、数人の子供の声がする。おれはトミを放し、間髪を入れず足にまとわりつく山猫の腰を抱え、その鼻をつまんだ。もう少し遅かったら、足の肉はそいつの歯型どおりに削げ落ちていたところだ。苦しそうに口を開けたところを地面に押さえつけ、馬乗りになる。こいつは子供と思って侮っちゃいけねえ。

「いいか、よくきけ。このまま番屋にしょっぴいてもいいが、ここは取引と行こうぜ」

「ふん、下司《げす》野郎の餌食になるくれえなら、獄門の方がまだましだ」

両腕ごと背中を押さえつけられた餓鬼は、首だけ起こして叫んだ。

「たしかにおれは下司だがな、そいつはおめえも同じだろう。悪い話じゃねえ。きくだけきいてみねえか」

「いい話なら、きき飽いてらあ。それでいい目を見たことなんて、一度もねえがな」

こいつを説き伏せるには、気長にやるしかなさそうだ。肩の力を抜いたとき、不穏な気配に襲われた。

「うわっ！」

烏だった。嘴《くちばし》でつつき足の爪でひっ掻き、黒い羽を叩きつける。

たまらず両手で頭を覆うと、山猫は難なく抜け出し走り去った。やがて、高い指笛の音が響いて、たちまち頭が軽くなる。ゆっくりと顔を上げると、北へ飛び去る四羽の影が見えた。

赤い布があったかどうか、たしかめる暇もなかった。立ち上がろうとしたが、左足に力が入らない。噛みつかれた脹脛から、だらだらと血が垂れている。固く縛った手拭が、みるみる真っ赤に濡れた。まったく、容赦のねえ餓鬼だ。だが、こうしちゃいられねえ。おれは無理に立ち上がった。足のほうは、引きずってるうちに木の棒みたく感じがしなくなったが、頭のほうがふらふらする。それでも夕暮れまでに、片をつけなきゃならねえ。

日が落ちれば、烏の群が帰ってくるからだ。

おれは亀の気持ちが痛いほどわかった。たかだか十丁ほどの道程《みちのり》が、恐ろしく遠い。さっきの下屋敷に辿り着いたのは、日が傾き始めた頃合だった。群はまだ戻っていないようだが一刻を争う。遠慮会釈なく、抜け穴を広げにかかった。連中には悪いが、この足じゃ塀も乗り越えられねえ。途中で拾った杖代わりの棒を打ちつけ、板を叩き折る。四つん這いで囲いを抜けて立ち上がると、欅の木々が、ざわりと動いた。まるで鳳仙花《ほうせんか》の実が弾けるように、欅の梢から黒い鳥がいくつも飛び散った。二十か三十か、昼間にしては多過ぎる。そいつらが一斉に、おれに向かって突っ込んできた。

この足じゃ、逃げまわることさえできねえ。囲いの外に出るしかないのか。迷っているうちに、ギャアギャアという鳴き声が耳元に迫る。目の前は既に、真っ黒になっていた。思わず両腕で顔を庇って目を閉じた。

カ――ウ、カッ

ひと際高い鳴き声が、黒い群を破るように響き渡った。迫っていた羽音が遠ざかる。

おそるおそる頭を上げると、青空が見えた。真上にはまだ数羽がぐるぐる回り、いつでも襲う気でいるようだが、他の連中は欅の枝に戻っていた。

「勘左！」

カー、カー、カー

呼ばれたように思えて、振り返った。おれに向かって飛んでくるのは、腹の禿げた烏だ。

懐かしい黒い姿が、おれの前に降り立った。

「勘左、おめえ、こんなとこにいたのか」

思わず両手を伸ばしていた。勘左はびくりとしたが、黙っておれの手に抱きとられた。

「すまねえ、勘左、おれが悪かった」

小さな黒い顔に頰ずりし、幾度も詫びた。両の掌から、勘左の温《ぬく》みが伝わってくる。怪我が治って飛べるようになってからは、おれたちの身近でじゃれつく真似はしなかった。こんなふうに手の中に入れたのは、子烏のとき以来だ。

欅の高い梢から、盛んに鳴き声が響く。勘左がおれに向かって、

カ

と鳴いた。力をゆるめたおれの手から抜け出て、今度は梢に向かって、

カウ、カウ、カウ

と鳴く。応じるように梢が騒ぎ、それにまた勘左が返す。どう見ても、しゃべってるようにしか見えねえ。いや、たぶん仲間を説き伏せているんだろう。勘左が身の証しを立ててくれたおかげで、やがて欅の上は静かになった。

「世話ぁかけたな」

礼を言うと、勘左はちょっと偉そうに胸を張った。勘左の背後に、一羽の鳥が降り立った。文句をつけに来た奴かと思ったら、逆に勘左に寄り添って、からだを擦《こす》りつけている。

あ、と閃《ひらめ》いた。

「おめえ、ひょっとして、嫁を取ったのか？」

そうだと言うように、カァ、と鳴く。

「そうかあ、おめえが所帯をなあ。すっかり先越されちまったぜ」

欅を見上げると、梢の隙間に巣らしきものが幾つか見えた。チィ、チィ、と微《かす》かな鳴き声もする。おれはようやく、一切が呑み込めた。おれが石を投げたあの日、いくら大工の声が誘い水になったとはいえ、勘左のようすはおかしかった。おそらくあれは、盛りがついてた

時期だったんだろう。

「おめえはここで、かみさんと一緒に子育てしてたんだな。これからずっと、ここに居付くのか？　終わったらまた、三軒町に戻ってくれねえか。おめえが居ねえと、どうにも調子が出ねえんだ」

おれは嬉しくて、べらべらと勘左にしゃべり続けた。ふと見ると、かみさんとは別に、二羽の鳥が勘左の傍らに降り立っている。

「まさか、おめえ、妾までこさえたんじゃなかろうな。そいつはちっと、どうかと思うぜ」

きく耳持たぬとでも言うように、勘左はそっぽを向いた。

「おめえ……」

山猫が、信じられぬという眼差しで、呆然《ぼうぜん》とおれを見上げた。

勘左に断りを入れ、奥へと踏み入った。とにかく武家屋敷ってのはだだっ広い。町屋の二、三町分はありそうな囲いの内は、雑木の隙間に材木の山がいくつかあるきりで、あとは一面、丈の高い雑草に覆われている。積まれた山の中に、焦げた丸太がある。一、二年前に火事で焼け、おそらく金詰まりのためだろう、そのままになっていると後で知った。出入り口の穴と勘左のいた欅は敷地の北東になるが、それとは逆の南西に、さらに大きな欅の林があり、その根本に筵《むしろ》で覆われた小屋があった。

「烏どもが騒いでたのは、おまえのせいか。あの木の下を、どうやって抜けた」

「おれには烏除《よ》けの御守りがあるんでね」

「子育てしてる烏が、巣の下を通すわけがない！」

山猫の後ろから、別の声が飛んだ。見ると、さっきおれが捕まえた、髪の長い餓鬼だ。

「あの烏たちをどうしたんだ？　おまえまさか、殺しちまったのか？」

「そんなことしねえよ。烏はおれにとっても守り神だからな。嘘だと思うなら、連中の塒を見てこいや」

「わかったよ。ちょっくら、たしかめてくらあ」

応じたのは、山猫だった。おれの脇を過ぎ、走り出したと思いきや、後ろに回って血染めの手拭の上から、したたかに傷口を蹴りやがった。

「逃げろ！　ここはもう駄目だ。抜け穴は使うな、塀をよじ登れ！」

油断してるつもりはなかったが、こいつの素早さは、まさに獣並みだ。足を押さえて蹲るおれを尻目に、次々に指図を送る。

「サンジ、ゲンタ、おめえらが先に行け。表に捕方がいるかもしれねえから、充分用心しろ。テンは塀の上にいろ。おれとトミが内側から小さいのを渡すから、外でサンジとゲンタが受け止めるんだ」

　これほど見事な動きは、関ヶ原から二百数十年経ったいまじゃ、侍にだってできやしねえ。十くらいの子供たちは、間髪入れず山猫の命に従い、五つ六つくらいの小さいのも、わらわらと塀に群がった。トミという子が抱き上げたのが一等小さく、三つにも届いてないように見える。

「待ってくれ！　頼むから、おれの話をきいてくれ！」

　感心している暇《いとま》はなかった。いまを逃したら、二度とこいつらを拝めねえ。

「おれはおめえらと一緒に、商売をしてえだけだ。おめえらは頭もいいし度胸もある。十三人もいるなら、立派に商売ができる筈だ！　金はおれが出す。断っとくが施しじゃねえ。いっとき貸すだけだ。だが商売がうまくまわりゃあ、すぐに返せる。三度の飯が食えて、雨風を凌げる家だって借りられる」

　小さい子らが怯えた顔を向けるだけで、おれの訴えには誰も耳を貸しちゃくれねえ。山猫が時折こちらを振り返るが、おれの動きをうかがっているだけのようだ。

「おめえらだってわかってる筈だ！　いつまでもこんな暮らしは成り立たねえ！　おめえらの噂は、あちこちに流れてる。そろそろ町方だって動き出す。早晩おめえらは、しょっぴかれてお白州行きだ。そうなる前にてめえらの暮らしを立てろ！　やり方はおれが教える。うまく行くまで助けにもなる。だが、やるのはてめえらだ。てめえらの力で、大人に負けねえ商売を立ち上げるんだ！」

もう粗方《あらかた》の子供が塀の外へ抜け、山猫が下からトミを支え、塀の上の子がその手を引っ張り上げた。もう、駄目かもしれねえ。望みは萎む一方だが、訴えだけはやめなかった。

「おれの名は浅吉だ！　その気になったら、三軒町の金貸しお吟のとこへ来い。おれはそこにいる」

塀の上に跨ったトミが、ちらりとおれを見たが、子供の受け渡しをしていた奴とともに、すぐに姿を消した。山猫が身軽に飛び上がり、塀の向こう側に消えた。

「いいか、忘れるな！　おれは三軒町の浅吉だ！」

やけくそになって、がらんとした板塀に叫び続けた。

夕日が板壁を、赤々と染め抜いていた。


「まあったく、鳥にやられるなんて、追っ払ったあいつに祟《たた》られたかね」

おれに粥の椀を渡し、お吟が容赦なく舌を鳴らす。

ようやくいつものお吟に戻ったようだ。ここ数日は、顔の皺が全部下に落ちちまいそうな情けない顔で、おれの枕辺に張りついていた。

あの下屋敷から、どうやって三軒町へ辿り着いたか、どうしても思い出せない。それもその筈で、おれは途中の往来でぶっ倒れちまった。集まった者の中に見知りの職人がいて、三軒町まで届けてくれた。戸板で運ばれたおれを見て、お吟は肝を潰したらしい。しみったれのお吟が医者を呼ぶなぞ、よほどのあわてぶりだ。

医者が頭や腕の傷を見て訊ねたとき、おれは鳥、と言ったそうだ。さらに足の傷を、どう見ても獣に嚙まれた跡に見える、と唸ったときは、山猫、と答えた。おれはまるきり覚えちゃいねえ。

頭のほうはかすり傷だが、足は思ったよりも深手だった。歯型の半分ほどは中まで食い千切られて、もう少しで骨まで届く程だった。随分と血が出たのと、傷のためか疲れからか高い熱が出て、二日の間うんうん唸りっ放しだったという。

時折目を開けると、ぼんやりとした中に、お吟の顔と、別の女の顔が、交互に見えた。いまにも泣き出しそうなその顔がお妙のように思えて、心配すんなと何度も言おうとしたが、声にならなかった。

「よかった、食べられるようになれば、もう大丈夫ね」

座敷に明るい声が響く。お妙に見えたのは、どうやらこのお照だったらしい。

「ずっと働き詰めだったんだから、この機にゆっくり養生しなくちゃね」

「冗談じゃないよ。さっさと床上げしてもらわにゃ、こっちの商売があがったりだからね」

「またそんなこと言って。大丈夫よ、毎日出向いてた先も、話をきいて向こうから持ってくるようになったのよ。みんな案じていてね、早くよくなってほしいって」

「やれやれ、こっちも飯にしようかね」

「お吟さんのお膳は、あっちに拵えてあるわ。いま、汁を温めるわね」

まるで仲のよい嫁姑だ。医者を呼ぶのと一緒に、何故だかお吟は、お照も呼びにやらせたらしい。だがよく考えると、納得もいく。同じ町内の連中が、金を借りにくることはまずない。お吟はこのとおり愛想は悪いし、因業婆の呼び声も高いから、近所にはとりわけ親しい者もない。思っている以上に、お吟はお照を頼みにしてるんだろう。

おれのほうはというと、小娘相手にあんなひどい文句を吐いちまった後だから、きまりの悪いことこの上ねえんだが、なにせこの体たらくじゃ、構うなも放っとけも、てんで締まりがねえ。

「これからはおまえ、入江町には足向けて寝られないよ」

めでたく床上げとなったその日、お吟はそう釘をさした。

雨もよいの八つ刻で、明日からの仕事の算段を立ててるうちに小腹がすいた。見舞いにもらった鹿の子餅を思い出し、茶簞笥を開けた。この分不相応に立派な茶簞笥は、家と一緒に大店の主人から巻き上げたものだ。お吟が安物と買い替えないのは、鍵のかかる抽斗がついているからだ。その小抽斗の中に、証文や帳面が仕舞ってある。

いちばん上の棚から菓子を出したとき、外からお吟の大きな声がした。

「どうしたい」

玄関を開けると、お吟が灰色のぼろ雑巾の塊ととっ組んでいた。

「この坊主がうちの周りをうろうろしてたのさ。やい、おまえ、空巣にでも入るつもりだったのかえ」

「違《ちげ》えよ、放せ、放せって」

「おめえ、あん時の！」

ばさばさの長い髪のあいだから、きつい目が睨みつけた。

「たしか……そうだ、トミだ。トミだよな」

「おまえ、こんな小汚いのと知り合いかい」

「おれの客だ」

「なんだってえ！　これがかね」

呆れたお吟が手を放し、まじまじと見下ろした。

「ほんとによく来てくれたな、トミ」

奥へ通したトミの前に湯呑みと鹿の子餅を並べると、庭の八手の葉を雨が叩き始めた。

「山猫が、おめえを寄越したのかい」

「山猫？　ああ、勝平《かっぺい》のことか」

「あいつは、勝平ってのか」

「勝平は、おれがここに来ることは何も知らねえ。勝平には内緒で、ゲンタとサンジとテンと、四人で話し合って決めたんだ」

勝平を除けば、その四人が仲間内では年嵩《としかさ》になる、とトミは言った。

「その四人で、商売してえってことか？」

「そうじゃねえよ」

苛立った瞳がおれを睨んだ。爪を噛み始めたトミに、静かに言った。

「うまくしゃべれねえなら、ゆっくりでいい。順々に話しちゃくれねえか。たとえば、おめえと勝平は、昔からの馴染みかい」

「おれが勝平に会ったなぁ、二年前だ」

トミにはわずかに、田舎訛りが残っていた。生まれ在所を問うと、常陸《ひたち》だと答えた。

「おれが六つんとき、おとうとおかあと一緒に、親類を頼って江戸へ出た。けんどすぐに暮らしに詰まって、おとうらはおれを親類んとこに捨てて逃げた。叔父さんも叔母さんもひどく怒って、あんまり厄介だってんで、七つんとき人買いに売られた。けどその途中で、勝平がその人買いを襲ったんだ」

「襲った？」

「勝平もその人買いに買われて、ひでえところに売られたんだ。あいつは男なら銭儲けの里子買いに、女なら子供に客を取らす淫売宿に売っちまうって言ってた。おれは正直、親類ん家が嫌だったから喜んでついてったけど、もうちっとで淫売宿行きだったんだぞ、ってひどく怒られた」

「……え？」

「なんだ？」

「……いや……それで一緒に逃げたのか」

笑いを呑み込んで、素知らぬふりをした。揃いも揃って人だか犬だかわかんねえような格好だから、女の子とは気づかなかった。男言葉なのは、仲間のが移っちまったんだろう。

トミが勝平に助けられたとき、仲間は既に五人いたという。それが二年の間に、十三人に増えた。みな勝平やトミと似たり寄ったりの身の上か、あとは捨子だった。トミが抱いていた三つくらいの子は、半年ほど前、道端で倒れていたのを拾ったという。

「その里子買いってなんだ？」

「里子買いは、礼金をもらって預かった里子を、飯も食わせずにたくさん死なせたって。けど、悪いことがばれてお縄になった。勝平とゲンタは、その生き残りなんだ」

その話はきいたことがある。たしかに二年ほど前だ。下谷坂本町の男が、非道で里子を何人も死なせた罪で磔《はりつけ》になった。

「勝平とゲンタも、もう少し遅かったら死んでたって、役人が言ったたって。からだが治ったら別々のとこに里子にやられるところを、里子はもう嫌だって逃げたんだ。勝平はその前も、もっと前も、どの親にも毎日ぶたれてたって。最初の親はほんとの親かもしれねえけど、ぶつのは一緒だから大人はどれも変わんねって、頭っから信じちゃいねえ」

「信じろといくら言っても無駄だったわけだ」

「おまえみたく御為倒《おためごか》しにうまい話をする奴が、いっとう危ねえって怒ってた」

そいつはたしかに道理だ。

「それに、金も払わずただ働きさせる奴もたくさんいる。サンジなんて半年も河岸で荷運びをさせられて、一度も駄賃をもらえなかったたって」

「そうか……」

こいつらは、殊更不運なわけじゃねえ。酷い奴ってのは、いつの世でも掃いて捨てるほどいる。運がねえとしたら、この数年は、もっとたくさんいる筈の善良な連中が、己の暮らしに手一杯で見て見ぬふりしかできぬことだ。

「なのにおめえは、その、あとの三人も、どうしておれのとこに来る気になったんだ」

湯呑みを持ち上げた荒れた小さな手が、下に落ちた。トミは話の合間に白湯は飲んだが、鹿の子餅には手をつけなかった。

「いまに捕まるって、おまえが言ったからだ。本当はおれたちにもわかってた。いつか捕まるかもしれねって。けど、それが恐いわけじゃね。おれもみんなも、勝平が捕まるのが恐いんだ。おれたちは勝平だけは助けたいんだ」

そういうことか。

トミにとっちゃ、勝平に黙って三軒町へ足を運ぶのは、虎穴に入るよりも度胸が要ったろう。

「勝平はいつでもどんな時でも、おれたち十二人を庇ってくれた。危ねえことや相手に顔を見られちまう役目は、ほとんどみんな勝平が引き受けてた。だからおれたちは恐くてたまらねんだ」

俯《うつむ》き加減のトミの口許が、ふいに歪《ゆが》んだ。

「もし役人に捕まったら、どんなによくても勝平だけは無事で済まねえ。きっと酷い罰を受ける。それだけは嫌なんだ……」

トミの色の悪い唇が震えた。脂の浮いた、埃だらけの髪を撫でて言った。

「わかったよ、トミ。おめえは賢い。いま盗みをやめれば、勝平もおめえらも必ず助かる」

本当か、と問いたげなトミに、精一杯力強く頷いた。

それからできるだけ細かくわかりやすく、おれが考えている商売の話をした。トミは呑込みが早いようで、時折さし挟む問いは的を射ていた。

「それで、何を商うんだ？」

「そいつだけはまだ決め兼ねててな。ていうか、おめえらの好みもあるだろうし、扱いきれねえもんもあるだろ。たとえば酒や醬油なんぞは重過ぎて無理だろう」

「どうせ商うなら、やっぱ食い物かな」

トミが上を向いて、思案を巡らせた。さっきまでの獣臭さが薄れて、少しは女の子らしくも見える。

「あとはどうにかして勝平を説き伏せなけりゃな。勝ち目はあるのかい」

トミが頭を横に振った。

「まずはあいつにおれを認めてもらうのが先か……何かいい知恵はねえか、トミ。こんな無理をすれば、とか、これができれば見直すかもしれねえみてえな、そんなものだ」

トミはしばらく考えた後、口を開いた。

「勝平が仲間に入れたがってる奴がいんだ。けど、そいつはずっと鼻も引っかけね」

「どんな奴だ？　よほど役に立ちそうなのか」

「それは大人の考えだろ」

いきなり頬を張られたような気がした。己の反吐《へど》に塗《まみ》れた雑巾が、鼻先にぶら下がる。

「勝平はとにかくそいつを不憫《ふびん》がってんだ。富岡八幡の辺りでよく物乞いしてる奴だ。小さい妹をいつも連れてて、それと、いくら話しかけてもひと言もしゃべんねんだ」

「声が出ねえのか？」

「勝平は、ただ口をききたくねえんじゃねえかって言ってる。おれたちもあの界隈は馴染みだからよく見かけるけど、勝平はその度に可哀相で見ちゃいられねって」

勝平てのは、まったくたいした餓鬼だ。何がなんでも、勝平の信用を勝ちとってやる。おれは拳を握った。

トミの帰り際、そう言えば、と思い出した。

「おめえらの塒は、おれが邪魔しちまっただろ。落ち着き先は決まったかい」

「三日ほど他で寝泊まりしたけど、大丈夫そうだからあそこに戻った。烏たちが守ってくれるから、いちばん安心なんだ」

「おめえらは、あの群を自在に操れるのか」

「まさか。手助けしてくれるのは、勝平が馴らした片目と、その子分の三羽だけだ」

「片目？」

それが赤い布を巻いた烏だという。

「片目が少し潰れて、半分しか開かねんだ」

「いつも巻いてるわけじゃねんだ。勝平から何か受けとったら、真っ直ぐ塒へ戻れっていう、あの布はその合図なんだ。そうしねえと、あちこち勝手なところへ隠しちまうんだ」

師匠の話を思い出し、なるほどな、と頷いた。

「群の頭は片目とは別の奴だけど、塒の下におれたちが住まうのは許してくれた」

小屋のある欅林が群の塒で、子育てをする夫婦だけがこの時期、勘左がいた北東の欅に集まる。子育てをしない年寄や若いのは塒から動かない、とトミは言った。

「子育てん時はおれたちでも木の下に近づけね。抜け穴から入ったら、塀沿いに静かに行かねと烏が怒る」

「そいつは早く教えてほしかったな」

と、勘左の厚情に、胸の中で手を合わせた。

「今日は有り難うな、来てくれて嬉しかった。……これ、食ってかねえか」

鹿の子餅をさし出した。

「おれだけ食うわけにいかね」

勝平は、奪ったもんは必ず等分する。少ないときは、小さい者から順に与えるそうだ。

「ここに来るのは内緒だから、土産にするわけにもいかね」

いったん座敷を出たおれは、草色の紙包みを持って戻った。

「おれからこいつを奪えるかい」

トミは目にも止まらぬ早業で、おれから包みを奪いとった。

「そいつはおめえがおれから掠めとった、今日の稼ぎだ。十三はねえけど、半分ずつは当たる筈だ」

トミがにやりと笑った。たぶんトミの精一杯の笑顔だったんだろう。

傘も差さずに駆けて行く後ろ姿が、篠《しの》つく雨の向こうに消えた。


トミが話した兄妹は、すぐにわかった。

富岡八幡の社から三、四丁西にある、一の鳥居の門前の茶店に腰を降ろし、茶を一杯飲み終えた時だった。その兄妹が日々同じ頃合に同じ道筋を辿ることも、その茶店には午少し前に物乞いに来ることも、トミから既にきいていた。

だが、なによりその子供の顔は、人目を惹いた。二重の切れ長の目に鼻筋が通り、厚過ぎも薄過ぎもせぬ唇が結ばれている。ちょうど勝平と同じ年頃の兄は、どこぞの稚児と見紛うような品のいい美童だった。色の黒ささえ、その品を少しも損なわず、かえって異国の若君なんぞに見えてくる。

そんな風に思えちまうのは、そいつの立ち姿のためかもしれない。物乞いにしちゃ、凛とし過ぎてる。小さな籠を片手に、茶店の客の前に立つ。客の顔も見ず、顎を上げ、まっすぐ前だけ見て突っ立っている姿は、江戸城を守る門番さながらだ。客に片手で払われても逆に話しかけられても、うんともすんとも言わず、荒っぽい奴にどつかれたりせぬ限り、籠に金が入るまでその場にしぶとく立っている。

おれの前にその子が立ち、途端に背筋が凍った。そいつの顔から目が離れねえ。綺麗な顔に見入ったわけじゃない。まるで盲《めしい》のようにひと欠片《かけら》の光も瞬かぬその目は、死人の目だった。たぶんこいつは、もう死んでいるんだろう。腰に張りついている妹のために、辛うじて生き長らえているだけだ。三つ四つほどのその妹が、おれを見上げた。笑いかけると、はにかんだあどけない笑顔を返す。

——可哀相で見ちゃいられね

そのとおりだ、勝平。どうにかしねえと寝覚めが悪い。

「おめえ、この辺りの子か。名前、なんてんだ。そっちの小さいのは妹か」

言葉が返らぬことを承知で、おれは色々話しかけた。返事はおろか息さえしていないようなそいつが、一度だけ動いた。おれが妹に手を伸ばし、頭を撫でようとした時だ。半歩ほどからだをずらし、おれから妹の姿を遮った。

「……悪かったな。大事な妹なんだな」謝って、「突っ立ってねえで、食ってかねえか」

と、まだ手をつけずにいた葛餅《くずもち》の皿をさし出した。

「あっ！」

そいつはなんの躊躇《ためら》いもなく、籠の上で皿を逆さにしやがった。籠の底にある僅かな銭に、葛餅の黒蜜がねっとりとからみつく。

籠の中を呆然と見詰めるおれを尻目に、兄は妹の手を引いて、すたすたと去って行った。

「すいませんねえ、お客さん。お気を悪くしたでしょうが、気にしないでくださいね」

中年増の茶汲み女が、茶を替えにきた。

「いくら追っ払っても、また来ちまうんですよ。一文でも入れてやりゃ黙って出て行くし、耳か口が不自由みたいだから、まあ大目に見てやってますが、なにやら人形みたいで気味が悪くてね」

眉をひそめて、着物の上から二の腕をこする。

「ありゃ親なしかい？　それとも親がさせてるのかね」

「得体の知れない爺さんに養われてるみたいですよ。なんでもさっきのを含めて何人かの子供に物乞いをさせて、当の爺さんは昼間っから酒食らってるそうですよ」

「その爺さんてなぁ、どこに住んでるか知らねえかい」

女が怪訝な顔をする。

「お客さん、まさか、そっちの気があるんですか。……たしかに顔立ちは綺麗ですけどね」

含まれた意に気がついて、口の中で茶がむせた。

「戯《ざ》れ言《ごと》にも程があらあ。おれは三度の飯より女が好きって口だぜ。殊に姐《ねえ》さんみてえな色っぽいのにゃ目がなくてね」

「お客さんたら、うまいこと言って」

持っていた丸盆で、ぶつ真似をする。

「なにやらちっと気の毒になってな。こっちは大願成就の願掛けに、しばらく八幡様に通わせてもらうことにしたんでな。善行の一つにでもなりゃと思ったまでよ」

合点のいったようすの女が言った。

「門前仲町ってきいたことが……たしかめたわけじゃありませんよ」

これも善行、とおどけながら、女に心づけを握らせた。

あの物乞いの子供は、まるで世の中のあらゆるものを忌み、呪い、憤っているようだ。

願掛けを口実に鳥居前の茶店に通って六日目、おれはそんなことを考えながら、門前仲町に足を向けた。ようやく暇《いとま》がとれて、その日のうちに爺さんを突き止めることができたのは、八幡様のご利益かもしれねえ。

岡場所が軒を連ねる通りのその奥に、建っているのが不思議なくらいのぼろ長屋がある。爺さんはそこで、昼間っから煎餅布団にくるまって、酒臭い息を吐きながら眠っていた。

「おめえさん、誰だい」

不機嫌そうにしながらも、おれが手にした貧乏徳利を見て、ごそごそと起き上がった。

「誰でもいいやな。あんたが物乞いさせてる子供のことをききてえんだ」

「させてるわけじゃねえよ。おれはこのとおり、からだがきかねえんでな。不憫がって子供らが稼いでくれてるってわけよ」

爺さんの吐く息と、家の中にも立ち込める溝《どぶ》の臭いで、吐き気が込み上げる。

この爺さんはどこかから子供を仕入れてきては、乞食商いをさせている。だがいい加減のところで子供は逃げちまうようで、しょっちゅう顔ぶれが変わるらしい。ただあの兄妹だけは珍しく長く居ついている、と近所の者からきいていた。

「三つ四つの妹を連れた、十くれえの子供のことだが……」

爺さんがいきなり、下卑た笑い声をたてた。

「おめえさんも、そっちの口かい」

またただ。どうしてもあの子には、この手の話がついてまわる。相手にならず先を進めた。

「あの子はどういう経緯《いきさつ》で、爺さんの元に来ることになったんだい」

「あれはやめといた方がいいぞ。別に惜しむわけじゃねえがな。あれはもう、そっちじゃ使いものにならんのよ」

「……なんのことだ?」

「だからよ、あいつはそういう茶屋からの払い下げだ。二年前にここに来た時はもう、あのとおり一切口をきかなくなってた。叩こうが蹴ろうが、呻き声さえ立てねえ。茶屋の話じゃあ、元はちゃんとしゃべってたって言うがな」

「妹も一緒に、二年前にここへ来たのか」

「ありゃ妹じゃねえよ。あいつが来てすぐくれえか、うちの前に捨てられてた。大方どっかの親が置いてったんだろ。あの子のほうは、ほんとにしゃべれねえ。知恵が足りねえのかもしれねえな。迷惑なこったが、あいつが面倒見てるもんで放っといてる」

おれもそいつは気づいてた。おれを見覚えたらしく、妹はおれの顔を見ると嬉しそうに笑うが、あーとかうーとか、赤ん坊みたいな声を出すだけだ。

「おめえさんみてえな好き者は、男、女を問わず、結構多くてな。ぜひにと乞われて三度ほど売ったが、毎度突っ返される」

「あんた、あいつを売ったのか！」

「おお、そうよ。いい儲けになったがな、最後に買った男が乱暴な奴でな、話が違うと怒鳴り散らした。何をしても声一つ立てねえ。棒きれみてえに転がってるだけで、そのうちあの死んだ魚みてえな目が薄気味悪く見えてくるって、腹いせにここで大暴れしていきおった。あんなんは二度とご免だからな。だからあんたにもこうやって親切に……」

「黙れ」

爺いの襟元を摑み、締め上げた。顔に濡れ紙でも載せられたみてえに息が苦しい。

「いいか、この人でなし。あいつらはおれがもらう。金輪際関わるな。その汚ねえ面《つら》をちらとでも見せたら、半殺しにするからな」

「か、金さえくれりゃあ文句はねえよ。二分……いや、一分でいいから……」

爺いの胸座を、もう一度締め上げる。

「ほんとに殺されてえようだな。おれぁな、これでも本職なんだよ。なんならこのまま頭から、どぶ川に投げ込んでやってもいいんだぜ」

「ど、泥棒っ、人殺し！　御上に訴えて……」

仏様並みにでかいおれの堪忍袋も、その緒が遂に切れた。思いきり殴ると、爺いのからだは後ろの壁まですっ飛んで、剝げた壁土が白髪頭にばらばらと落ちた。

「一分はくれてやる。その代わり、あいつらとは二度と関わるな！」

一朱銀二枚と二朱銀一枚を、爺いの顔に叩きつけた。

その日も兄妹は、午前《ひるまえ》にいつもの茶店に現れた。

「おめえはこのおれが買った。どういうことかわかるな」

たったそれだけで、おれの後ろを黙ってついてくる。むろん、妹も一緒だ。爺いのところにたしかめに行きさえしねえ。泣けそうになった。

あの下屋敷の前まで来ると、勝平たちの小屋がある欅に向かって小石を投げた。

「おまえ、やったのか」

塀の上から頭を出したトミが、細い目を見開いた。塀の向こうにいったん姿を消して、北東の抜け穴から、勝平とともに出てくる。

勝平はしばらく黙って、おれの顔と兄妹の顔を見比べていた。

「名前は」

「前に言ったろ、浅吉だ」

「てめえの名なんか、きいちゃいねえよ」

「ああ……そういや、おれも知らねえや。そいつにきいてくれ」

勝平は不満そうに口を尖らせたが、こっちへ来いと兄妹を促した。突っ立ったまま動こうとせぬ兄に、おれは語りかけた。

「いいか、今日からここがおめえの家だ。おれの代わりに、この坊主の言うことをきけ」

念を押すまでもなく、すぐに勝平の後ろについた兄を、もう一度呼び止める。

「あのな、おめえの妹は、おめえが話しかけてやれば、いつか言葉を覚えるかもしれねえ。おめえもすぐには無理かもしれねえが、もし口をきく気になったら、妹に言葉を教えてやんな。それと勝平」

「気安く呼ぶな」

「こいつには盗みはさせるな。わかったな」

兄からも勝平からも、何も返らなかったが、小さな妹だけがおれを振り向き、嬉しそうに笑った。

首尾よく運んだ筈が、その日はずっと気が滅入った。

「なんだね、梅雨時だってのに。鬱陶しいため息なんぞつかないでおくれ」

ちっとも話に乗ってこぬおれに、お吟がいちゃもんをつける。

「お吟さんがどんなにいい人か、今日ほど身に沁みたこたぁねえよ」

ぐったりと首を垂れると、お吟が心配そうに声をかけた。

「おまえ、次の晴れ間に頭を干したほうがいいね。頭ん中に黴《かび》でも生えたに違いないよ」

「名前は、ハチとハナにしたんだ」

とうとう名前をきき出すことを諦めて、勝平が名付けたという。

「名をつけたとき、傍に花が咲いてて蜂が飛んでたなんて言うんじゃねえだろうな」

図星だったらしく、勝平が鼻の穴をふくらませる。

「いいんだよ、呼べばちゃんと来るんだから」

「そうか」

五日経って、勝平が三軒町を訪れた。おれの見込みより遥かに早い。それだけ勝平にとってあの兄妹は、胸ん中の大きな重石《おもし》だったんだろう。

「じゃ、心置きなく商売の話と行くか。だいたいのとこは、トミからきいたんだろ」

「おれはまだ、おめえをすっきり信じたわけじゃねえぞ。ゲンタやトミが泣いて頼むから、仕方なく来てやったんだ」

相変わらず可愛げのない口ぶりだが、顔つきは少し違って見えた。

「それでいい。前にも言ったが、これは施しじゃねえ、商売だ。商売ってのは利が出なけりや成り立たねえ。利を出すためには、死に物狂いでここを使わなけりゃならねえぞ」

てめえの頭を指で叩く。

「それならいまだって毎日やってらあ」

「そうだ。だからおめえに声をかけた。どうせ使うなら、真っ当な暮らしを立てるために使え」

「説教はごめんだ。それに、おれは商人《あきんど》になりてえわけじゃねえ」

「説教じゃねえ、それが世の中だ。てめえの好き嫌いなんぞ、どうでもいい。餓鬼ができることなんぞ、はなっから限られてる。大の大人でさえ暮らしが立たねえもんは大勢いるんだ。てめえらが見てきた連中はそうじゃねえのか。真っ当な稼ぎができねえ腹いせに、てめえら餓鬼に酷く当たったんじゃねえのか」

勝平の大きな目が、おれを睨みつけた。今度は鼻っ面を食いちぎられそうだ。

「もう一遍言う。おれはてめえらの味方なんかじゃねえ、頭っから信用すんな。ひと度おれから金を借りれば、取立ては容赦しねえ。だが、商売に関しちゃいくらでも手を貸す。それがおれの利になるからな。さあ、どうする」

いつの間にか勝平の目は、おれから逸れて宙に据えられていた。懸命に考えているようだ。開け放した縁の向こうから、埃を含んだ雨の匂いが漂う。梅雨らしい、からだにまとわりつくような湿っぽい雨だ。

「いくら貸してくれる」

長い沈黙の末、勝平が口を開いた。

「最初に一分。これは仕度金だ」

「そんなに」

勝平が俄かにうろたえる。

「利息三百二十五文を先にさっ引いて、おめえらが手にするのは……」

「待ってくれ」

「どうした、もう怖気《おじけ》をふるったか」

「違《ちげ》えよ。おれは細かな金勘定は得手じゃねえ。読み書きも碌すっぽできねえ」

こいつは抜かった。あまりに鮮やかな手並みを見せられたもんで、こいつらが手習いなんぞ行ってねえってことを忘れてた。

「だったらおれを信じてもらうより他ないな。おれの言うとおりの銭を毎日……」

「てめえなんぞ信じられるか。明日、テンを連れて出直してくらぁ。あいつは前に商人の手伝いをしてたから、銭には明るい」

ようし、それでいい。読み書きはサンジが少しできるというから、これも一緒に来させることにした。

「あとは何を商うかだが……」

腕を組んだところへ、お吟が客だと告げにきた。勝平を座敷に残して出てみると、

「こりゃあ、ご新造様」

玄関前の座敷にいたのは、義正殿のご妻女だった。

「こんなむさくるしいところへ、よくいらっしゃいやした」

我家をけなされたお吟が、じろりと睨む。ご新造がここを訪れるのは、初めてのことだ。

「もしや長谷部様に何か……」

おれの杞憂を、ご新造が笑って遮る。

「いいえ、今日はお礼に伺っただけですわ。浅吉さんの口添えのおかげで、一両で無事に節句祝ができましたので」

改めて頭を下げられて、えらく恐縮しちまった。

「お料理の賄いなんぞは、うまく運びやしたか」

「はい。姑《はは》は元より料理上手で、かえって張りきっておりました」

化粧気のない顔で晴れやかに笑い、ほんのお礼の気持ちに、と風呂敷を解《と》いた。紙の覆いを取ると、皿の上に枕形の油揚げが十ほど載っている。

「これはひょっとして、稲荷鮨ってもんですかい？」

前に一度だけ見たことがあるが、田舎じゃもちろん、江戸でもほとんど馴染みがない。江戸で鮨といえば、握りか、笹で巻いた毛抜鮨のことだ。

「長谷部の家は、もともと尾張名古屋の出で、その辺りでは昔からあったそうです。どちらかと言えば女子供向けの味ですから、お気に召すかどうかわかりませんが、節句の際にもなかなか評判が良かったので、お持ちしてみました」

ご新造の勧めに従って、無作法を承知で一つ口に入れた。酢飯の香りとともに、油揚げの強い甘味が後を引く。

「こいつは旨え」

「ほんとうだ、油揚げがこんなに旨いとは、たいしたもんですねえ」

お吟も舌鼓を打つ。油揚げの中に、木耳《きくらげ》、干瓢《かんぴょう》、人参を混ぜた酢飯が詰まっていた。

「こいつは結構なものを。砂糖だけでも値が張りやしたでしょうに」

「いいえ、砂糖は使っておりません。拙宅には贅が過ぎますから。甘いのは味醂《みりん》です」

「そうか、この油揚げは味醂と醤油で煮たもんか。あとは飯も具も高いもんじゃねえから」

「はい、お安くあがりました」

ご新造がにっこり笑う。おれの頭の中で、たちまち算盤玉が音を立てた。

「ご新造様、こいつをたくさん作れますかい」

「……作れぬことは……此度の節句でも八十ほどは作りましたし。具もお揚げも煮るだけですし、手間といえば酢飯を詰めるときくらいで」

「それなら手伝いはいくらでもいやす。ご新造様、これを手内職にしてみやせんか」

「稲荷鮨をですか」

母君とご新造ができそうな内職はないかと、前々から頼まれていた。仕立物あたりが相場だが、生憎お二人とも苦手だということで、こっちも探しあぐねていた。

「まずは姑《はは》に話してみましょう」

ご新造が帰ると、残った稲荷を紙に包んで勝平のところへ戻った。

「これを食ってみてくれ」

待たせた詫びも言わず、藪から棒に包みを突き出したおれを、勝平が不満げに眺める。

「てめえだけ食べちゃならねえって、おめえたちの決まりごとは知ってるが、これは商売に関わることだ」

「どうだ」

勝平は枕形の揚げを手に取って、繁々《しげしげ》と眺めてから口に入れた。

「……うん、旨え。けど、これ何だ？」

「稲荷鮨てんだ。こいつを商ってみねえか」

両国辺りで田舎者相手に店売りしてたが、正直、下卑たもんだと思い、口に入れなかった。だが少なくとも母君の拵えた鮨は、なかなか品のいい味だ。

「屋台でも振り売りでも見たこたぁねえ。握りに比べりゃちょいと下世話に思えるだろうが、縁起もんとして売りゃあ案外いけそうな気がする。稲荷って名は、お狐さんに供える揚げからついたってきいたことがある」

「稲荷鮨か……」

勝平が、飯を嚙みしめながら黙り込む。

「こいつを持って帰って仲間に食わせろ。それから考えてみちゃくれねえか」

紙にくるんだ稲荷を持たせ、勝平を帰した。

「小汚いのも居なくなったし、どれ、さっきの鮨をもう一つもらおうかね」

「あっ、すまねえ。いまの餓鬼にみんな……」

「くれちまったってのかい！」

婆さんの分を残すのを、すっかり忘れてた。平謝りするおれに、お吟の小言が振る。

「前にも来たね、汚いのが。客だとか言ってるが、どう見てもありゃあ物乞いじゃないか」

「そんとおりだ。おれはあいつらに、金を貸そうと思ってる」

「乞食に金を貸すだってえ。馬鹿も休み休みお言い」

　婆さんはてんで相手にしない。

「おれは本気だ。あいつらだけじゃねえ、物乞いしてる連中に金を貸すんだ。こいつはいい商売になる」

　お吟が両の目を見開き、大きく息を吸う。額の皺が、数本増えた。

「どこの世界に、借りた金を返しにくる乞食がいる。金を持って、とっとと逃げちまうに決まってるじゃないか」

「おれはそうは思わねえ。金を持ち逃げしても、せいぜい数日食い繋いで終わりだ。それを元手に暮らしを立てようとする者も必ずいる。ここ数年の行倒れや捨子の多さは知ってるだろ。いま江戸に溢れてるあの手の連中は、大方が田舎で暮らせなくなった百姓だ。まともに働いてた奴らなら、この江戸で稼ぐ手立てが欲しい筈だ」

「うちはね、お救い小屋じゃあないんだよ。物乞いに貸したって、なんの利があるものかね」

「大ありさ。おれたち二人じゃこれ以上客を増やせねえ。振り売りみてえに金貸しは要りませんかと、触れるわけにもいかねえ。その点物乞いなら、まず間違《まちげ》えなく金に困ってる」

「当り前じゃないか」

ふん、とお吟が鼻であしらう。

「なにも物乞い全てに信用貸しするわけじゃねえんだ。物乞いは厳しい分、何人かで寄り集まってるだろ。そん中の一人にまとめて貸せば、それだけ手間が省けると思わねえか」

「さっぱりわからないね。どういうことだい」

おれはわかりやすくお吟に説いた。たとえば勝平に貸せば、残り十二人、いや、あの兄妹が増えて十四人分、貸し借りの手間はかからない。勝平と同じような奴を何人も見つければ、さらに貸し先はぐんと増える。勝平のような子供はまず居なかろうが、大人ならきっといる。

「なにやら五人組みたいな話だね」

「そう思ってもらって構わねえ」

五人組は、江戸なら五人ずつの家主の組合で、月番を決めて町内の一切をとり仕切る。誰かの店子が罪でも犯せば、その責めは五人で負うことになる。

「町人や侍なら、むしろ人目を忍んで借りにくる。まとめ貸しなんて土台無理な話だが、物乞いならたぶんうまくいく。四、五人相手に金を貸し、返済の務めも等分に負わせる。そいつらで同じ商売をするなら尚いい」

「だけど、おまえ……」

「よっく思い返してくれ。おれが今まで損をさせたことがあったか」

無理が通れば道理引っ込む。ここぞとばかりに畳みかけた。口をへの字に曲げて考え込んでいたお吟が、おれを見た。因業な金貸しの顔だった。

「危ない橋を渡るほどの見返りは、あるんだろうね」

頷くと、とりあえず勝平たちで試してみよう、とお吟は許しをくれた。


「手伝いというのは、この子たちですか……それも、こんなに」

長谷部家の縁先に、ずらりと並んだ十五人の子供を見て、ご新造が唖然とする。

「ちっと柄が悪いのは勘弁してくだせえ。だが苦労してる分、見掛けよりはずっと役に立ちやす」

髪を整え、粗末ながらこざっぱりとした着物を身につけさせたから、これでも大分ましになった。こいつらを引き連れて入ったときの、湯屋の親父の顔は見物だった。仕度金の半分以上はこれで消えたが、食い物商売をする上は仕方ない。

「この子たちを、我家に出入りさせると言うのですか」

ご新造の横で背筋をしゃんと伸ばした母君が、じろりとおれを睨んだ。この母君を承服させぬ限り、何も始まらねえ。おれはこいつらの身の上を、できるだけ気持ちを入れずに話した。

「ついこないだまで、かっ払いや物乞いなんぞで食い繋いでおりやした」

母君の左のこめかみが、ぴくりと動いた。傍らの勝平が、ぎょっとした顔でおれを仰ぐ。だが下手な繕いや隠し立ては、この母君には通用しないように思えた。

「可哀相に……こんな頑是《がんぜ》ない子供たちが、そんな苦労を……」

ご新造が着物の袖口で、目頭を押さえた。

母君の厳《いか》めしい面《おもて》はそのままだ。きっちりと結い上げられた半白の髪や、高い鼻筋の勝った肉の薄い顔が、これほど立派に見えたことはねえ。

「我家に出入りすると言うなら、盗みは勿論、物乞いもいけません。二度とせぬと、約束できますか」

気圧されていたらしい勝平が、ごくんと唾を呑み、大きな声で叫んだ。

「約束する！　盗みや物乞いからは、金輪際足を洗う！」

「約束します、です」

「……約束……しやす」

「それともう一つ、この先いつか、おまえたちの暮らしが立ち行くようになったら、少しずつでも盗んだ分を返しに行きなさい」

「ええっ、そりゃあ無理だ」

勝平の口答えを、母君が眼光一つで押さえつける。下を向いた勝平が、もごもごと呟いた。

「……どこの誰から取ったかなんて、ほとんど知らねえもの。返しに行きようがねえ」

「そういう気持ちを持てということです。取られたご本人に返すつもりで、人様への善行を心掛けなさい。よいですね」

勝平は下唇を突き出しながらも、大人しく、はい、と頷いた。

「やっぱりおめえに騙された。あんな恐《こえ》え婆あがいると知ってたら、まず間違《まちげ》えなく来なかった」

長谷部家から帰る道すがら、勝平がしきりとぼやく。

「おめえらにはかえっていい薬だ。逆らったら薙刀が飛んでくるからな。気をつけろよ」

くわばらくわばら、と勝平が首をすくめた。

稲荷鮨の商いは、子供たちに金の賄いをさせることにした。母君とご新造への手間賃は、勝平から支払われる。おれの助け舟が要ったのは、最初のうちだけだった。

まず仕入れを教えた。旨い油揚げを一文でも安く入れるために、子供らは深川から本所一帯を駆け巡った。見つけたものを持ち帰り、長谷部の母君のお墨付きをもらい、値の相談に店へ赴く。この時ばかりはおれがついて行き、店の主に口添えしたが、肝心のところはテンを脇に従えた勝平がしゃべるものだから、主は怪訝な顔をした。仕入値が決まると、長谷部家への手間賃を乗せ、値を決めた。勝平らが一個九文としたものを、一つを小振りにして値を下げろと勧めた。

「いちばんよく使われる、波銭に合わせたほうがいい。波銭二枚、八文なら商売しやすい」

思いのほか手間取ったのが、売り口上だ。子供らは恥ずかしがって、口上どころか呼び声さえ思うように出なかった。勝平は売り文句を短くし、幾度も大きな声で唱和させた。

「お稲荷さまのご利益《りやく》高い、ふっくらお揚げの稲荷鮨。お狐さまが大好きな、ほんのり甘い稲荷鮨」

あまり何度もきかされて、いちばん小さい子まで覚えちまった。

毎朝勝平は、その日入用な烏金を借りにきて、その金で仕入れたねたを子供らが長谷部家に届け、母君とご新造が稲荷を作った。この家の水屋は広いから、子供らも野菜を洗ったり、揚げに飯を詰めるのを手伝うことができる。稲荷は午前《ひるまえ》に二度、午過ぎにも一度拵え、できた傍から売りに出る。寺社の門前や大きな通りで売り歩いたが、やはり稲荷社の前ではよく売れた。

最初はうで玉子売りのように手つきの籠だったが、やがて年嵩の男の子らは、軽く作った天秤籠を使うようになった。年嵩の者一人に、小さいのが一人二人つく。相変わらずしゃべらず動ぜずのハチだけは無理なように思えていたが、勝平はイネというこましゃくれた七つの娘とハチを組ませた。売り口上も客あしらいもイネが一手に引き受け、ちゃんと売り切って戻ってくる。ハナを腰に貼りつかせ天秤を担いだハチが、まっすぐ前を向きイネに従うようすは、なにやら微笑ましかった。

最初はテンが金を勘定していたが、勝平やトミも次第に覚えた。帳付けはサンジの役目で、数字の他は全て仮名だから大人にはかえって読み辛いが、几帳面なたちらしく、文句のつけどころはほとんどなかった。夕方、借りた金と利息を返すと、手許に残るのは僅かだが、勝平とトミはどうにかやりくりして仕度金を少しずつ返済してきた。

勝平の商才は見込みどおり素晴らしかったが、それに釣られて他の子供らも、次々と案を出してきたのには驚いた。

「稲荷の具を、節季ごとに変えるってな、どうだ」

「いまの味は品がいいが、外職の連中なんかには、もちっと濃い目がいいようだ」

「皆で狐の面を頭に乗せたら、目立つんじゃねえか」

勝平は金を返しがてら、よく皆の思いつきを話してくれた。

「ゲンタがな、好みの客には山葵《わさび》醤油をつけたほうがいいって言うんだ」

「あの甘辛い味に、さらに醤油かい」

「贔屓客にねえのかと訊かれたんだってよ」

この山葵醤油は、なかなかに評判がよかった。

「どうでもいいけどよ、あの婆さんの口煩《くちうるせ》えのは、どうにかならねえか。行儀だの言葉遣いだの細かいことに喧《やかま》しくて、まったくかなわねえよ」

他には一切愚痴を言わぬ勝平も、長谷部の母君にだけは閉口ぎみだ。

「こっちの婆さんの方が、なんぼかましだよ、なあ、婆さん」

「おまえごときに婆さん呼ばわりされるほど、老いぼれちゃいないよ」

お吟がやり返す。

「けど、長谷部の婆さんより二十は上だろ。だったら婆さんでいいじゃねえか」

「あの薙刀婆とは十くらいしか違わないよ！　浅吉、この口の悪い餓鬼を放り出して、塩撒いときな」

勝平は放り出される前に、とっとと座敷を逃げ出した。

ある日、賄いの相談に来た義正殿が、苦笑いを浮かべた。

「隣近所はもちろん、出仕先にも噂が届いていてな、『稲荷殿』と、よくからかわれる」

義正殿は笑い話のように言ったが、おれは己の短慮に身が縮む思いがした。どうもおれはお武家の体面ってもんを、軽々しく見ちまうようだ。稲荷鮨を手内職にするだけでも体裁が悪かろうに、まして子供らに売らせているとあっては長谷部家の面目は丸潰れだ。

場所をどこか他所に移そうかと、本気で考え始めたおれに、義正殿は言った。

「あの母上が、腹を括っておるのだ。やめてほしいと頼んだところで、きかぬだろうよ。実はな、妻から話をきいたとき、最初のうち母上は、きこえが悪いと反対なされていた。だがあの子たちを見て考えを変えたのだ。あの子供らを正しく導くことこそ我が使命と、些《いささ》か大仰なほど心に誓っておられてな。陰口ごときに屈したと言えば、わしのほうこそ追い出されてしまうわ」

笑顔を向けた義正殿が、ぎょっとなった。

「浅吉、お主、泣いておるのか」

不覚にも、堪えきれなかった。人前で泣くなんて、以前なら考えられねえことだ。知らぬ間に、随分と弱っちくなったもんだと己を笑いながら、それでいいようにも思えた。鼻をすすり、畳に両手をついた。

「かっちけねえ。こんとおりだ、長谷部様。心苦しいがあの子供らのこと、よろしくお頼み致しやす」

足を向けて寝られねえところが、また増えた。

翌日、亥西屋へ行くと、お妙はおれの顔をしげしげと眺めた。

「吉ちゃん、なんだか変わったわね」

まるで人前で泣いたことさえ、見透かされているみたいだ。

「だんだんと、昔の吉ちゃんに戻ってるみたい」

「子供に返ってるんじゃ、ちっとも自慢にならねえや」

ふふ、と笑ったお妙に、どきりとした。一度離したからだを、またきつく抱く。

「……大丈夫よ。あたしはいつだって、吉ちゃんのことを思っているから」

まるでおれの気がかりを察したように、腕の中のお妙は呟いた。

八

八月に入り、子育てを終えた勘左が三軒町に戻ってきてくれた。かみさんも一緒で、握り拳のようなごつい実をつけた辛夷の上に、仲良く並んでいる。

「今日はお揃いでどうしたい？」

ある日家に戻ると、五人の女がおれを待ち構えていた。背に息子を括りつけた頬の赤い女が嬉しそうに笑い、まわりにいた女たちにも笑みが広がる。

「小汚い裏長屋だけど、家を借りられることになったんだ」

「そいつはすげえ。そういや、冬になる前に長屋に落ち着きてえって言ってたもんな。心積りを果たすなんて、てえしたもんだ」

おれは手放しで褒めた。この女たちは、ほんの三月前までは、橋のたもとで物乞いをしていた。物乞い相手の貸し先としちゃ、もっともうまく運んだ類と言える。借りた金で安い端切れを買い、それで巾着を拵えて道端で売っている。

このような貸し先は、いまは十組ほどに増えていた。ひと組は四人から多いとこで九人。併せて六、七十人にのぼる。

まとめ役になりそうな者を見つけては、話を持ちかけた。そいつが集めた仲間次第では、断ることもある。顔ぶれに文句がある時もあれば、どうも釣合いが悪いこともある。まとめ役だけじゃなしに、ちょうどトミやゲンタのように、それを助《す》ける者も要る。逆に四、五人の組の中には、まとめ役がいないこともある。この五人がそうだ。どれも取りたてて目立つわけじゃないが、ほどほどで粒が揃っていると安心して貸すことができる。

こうして選んだ貸し先は、女のほうが多くなった。男はやけを起こして諦めちまってる手合いが案外多く、対して女は、子を養うためもあろうが、暮らしが立つかもしれぬときくと俄かにやる気を見せた。

商いがうまくまわるまでには、勝平たち以上に手間がかかった。できるだけ面倒な仕度をせずに、路端ですぐ商えそうな物を選んでみたが、それでも返済が覚つかぬ組もあった。

「まだまだ危なっかしいが、いまんとこは凌げてるようだね。おまえの目は、節穴じゃないようだ」

お吟は算盤を弾きながら、そう断じた。

金を持ってとんずらした者が、一人もいないことが幸いした。もっとも大方がその日限りの烏金だから、持ち逃げされても高が知れてる。

「どうするね、まだ増やす気かい」

「いい貸し先が見つかればの話だ。この商売はそれ次第だからな」

縁側に足を投げ出すと、お吟が、そういえば、と台所へ立った。

「金を返しにきた武家の隠居が、土産に持ってきたんだ。家の庭でとれたんだとさ」

「へえ、葡萄かい」

思わず弾んだ声が出た。ひと粒口に放り込むと、甘さの後にきつい酸《す》い味《あじ》が残った。

「ちょいと、酸っぱいな」

「そうかい、こんなもんじゃないかえ」

旨そうに二つ三つと口に運ぶお吟を、苦笑いして眺める。

「その調子じゃあ、ほんとに旨い葡萄ってのを食ったことがねえだろう。葡萄ってのはな、もっと実が大きくて……」

「どうしたい？」

「いや、せっかくの到来物にけちをつけるのは無粋だな」

縁にごろりと横になった。お吟が葡萄を含むたびに、甘酸っぱい匂いが漂う。

盛んに鳴いていたみんみん蟬の声は絶え、蜩《ひぐらし》の柔らかな音が縁側を抜け座敷に届いた。

ゆっくりと暮れてゆく秋めいた空を、お吟と一緒に黙って見てた。

この時の空は、後になって繰り返し思い出した。

たぶんそれが、お吟と浅吉が穏やかに暮らせた、最後の日だったからだ。


朝の借方詣でを終えていったん三軒町に戻ると、不機嫌なお吟の顔が待っていた。

「おまえに使いが来てね、文を置いてった」

鼻先で茶簞笥を示す。

「へえ、わざわざ手紙で呼び出されるたぁ、おれも随分と名が売れたもんだ」

なに食わぬ顔で文を手に取る。女文字でおれの名があるだけで、差出人は記されていない。中は紙切れ一枚、からだが空いたら来てほしいとの、ごく短いものだ。

お妙からだった。

虫の居所が悪そうなお吟を置いて、すぐに家を出た。お妙が文を寄越すのは、よほどのことだ。いまから行けば、昼見世の開く九つに間に合う。このふた月ほどは、忙しさにかまけて足が遠のいていた。

「吉ちゃん、来てくれたんだ」

お妙は嬉しそうな顔はしたが、おれとは畳一枚分も離れて座った。

いつもなら、子供のように腕の中に飛び込んでくる。おれは立ちのぼる甘い匂いごと、お妙のからだを抱きしめる。ただ、いつまで経っても、やっぱりお妙のからだはどこか頼りなかった。

「なんだ、しばらく無沙汰をしてたもんで、臍《へそ》を曲げちまったのか」

「そうじゃないの。ごめんね、手紙なんかで呼び出して。けど、大事な話があったから」

「大事な話って、金のことか？　すぐには無理だが、必ず工面する」

「違う、違うの、吉ちゃん」

お妙が苦しそうな顔で俯いた。胸の前で強く両手を握る。

「あたし、身請けされることにしたの」

おれはぽかんとお妙を見た。

「……身請けって……誰にだ」

てめえの声が、ひどく遠くにきこえる。

胸のつっかえを吐き出して幾分落ち着いたのか、お妙は淀みなく話し始めた。

「下谷長者町《ちょうじゃまち》の足袋《たび》屋のご主人で、見世に出始めた頃から、ずっと贔屓にしてくれていたの。お内儀さんはだいぶ前に亡くなって独り身を通してたんだけど、今度息子さんに店を譲って隠居なさるそうなの。隠居っていっても、まだ五十にもなってないんだけどね、ずっと働き詰めだったから、どこかに小さな家を借りて、あたしと一緒に静かに暮らしたいって、そう言ってくだすったの」

「そいつの妾になるのか」

お妙が辛そうに眉を寄せ、また俯いた。意地悪を言ったつもりはなかった。何も考えられなくて、浮かんだ言葉がそのまま口をついちまっただけだ。

「旦那さんは、もし妾が嫌なら披露目《ひろめ》をしてもいいって言ってくれた。でもあたしが断ったの。仰々しいのは苦手だから。決して大きな店じゃないから派手な暮らしはさせられないけど、一生困らぬだけのものはあるって。あたし、それでいいと思った」

「そいつのことを、好いてんのか」

「……穏やかな、いい人よ」

答えになってねえ。

「ほんとなら二十八で年季が明けるまで、ここに居なきゃいけなかったのに、二年半で出られるなんて滅多にないことだって、亥西屋の旦那も……」

耳鳴りがひどくて、お妙の声もよくきこえねえ。立ち上がると、お妙が顔色を変えた。

「吉ちゃん、待って吉ちゃん、まだ話したいことが……」

引き止めるお妙をはねつけるように、ぴしゃりと後ろ手に戸を閉めた。板張りの廊下が、足に冷たい。

「おや、もうお帰りですか」

階段を降りたところで、遣手《やりて》に摑まった。おれの浮かない顔を見て、気を利かせたつもりか、やたらと愛想を振りまく。

「お客さん、そのようすじゃもしかして、幾登瀬の身請け話、きいちまったんですか。そんなこと口にするなんて、あの妓も馬鹿だねえ。どうもあの妓はいつまでも素人臭さが抜けなくて。まあ、それがかえって足袋屋の旦那の目に止まったんでしょうがね」

「……その足袋屋の旦那は、いい人かい」

「ええ、ええ、正直風采はぱっとしないし、身なりも地味ですけどね、あたりの柔らかい穏やかな方ですよ」

「ぽんと三百両も出すんなら、よほど惚れてんだろうな。でなきゃ相当景気がいいのかね」

遣手を適当にあしらうだけで、深い思案はなかった。だが遣手は、頓狂な声をあげた。

「三百両だって！　まさか、そんな」

と、笑い出す。

「そりゃあ幾登瀬が言ったんですかい？　また随分と大見栄を張ったもんだ」

「違うのか！」

「……百五十両って、きいてますよ」

そのまま亥西屋を飛び出して、どこをどう通ったかわからぬままに両国橋を越えた。風にころがる竹筒のように、胸の中がカラカラと鳴って、その音だけをきいていた。

吉原で二度目に会ったとき、己の身請け代は三百両だと、たしかにお妙はそう言った。何故嘘をついた。なんで倍の額を告げた。つまらぬことに見栄を張る女じゃねえ。残る答えは、はなっからおれを当てにしてなかったってことだ。

けど百五十両なら、手が届くかもしれない。おれの見積もりじゃあ、お吟の金はいいとこ百両だ。だが、隠し金の望みもある。それを足せば、きっと。

三軒町に戻ると、お吟は居なかった。かえって好都合だ。

お吟がいつも居る八畳間で、茶簞笥を見詰める。

真ん中の観音開きの戸を開けると、右側に二段の小抽斗がある。お吟はここに証文や帳面をしまい、抽斗の鍵は肌身離さず持っている。こいつを検めれば、お吟の持ち金の額や在り処がわかる筈だ。

鍵穴に尖った物を突っ込んでみたり、力任せに取っ手を引いたりしたが、びくともしない。台所の隅に立てかけてある、斧に目が行った。しつこい客を脅すために置いてあるものだが、おれが来てからは用済みになっていた。こいつを使えば、お仕舞《しめ》えだと頭の隅から声がした。

みんな仕舞えでいいじゃねえかと、別の声もする。もうどっちだっていい。金がなけりゃ、お妙を失う。おれは手にした斧を、抽斗に叩きつけた。

無残にかち割られた抽斗の上段に、目当ての帳面を見つけた。だがいくら紙を繰っても、貸し先と金高、それに数十もの小さな印が並んでいるだけで、肝心のものは見当たらない。これは日払いの覚えだ。しかも日付を見ると、おれが来てふた月後からつけられている。それまではたぶん、証文だけで間に合っていたんだろう。

帳面を足許に叩きつけ、もう一度斧を構えた。まだ下段が残ってる。きっとここに……。と、手の中で柄がすべった。斧の刃は抽斗を外れ、観音扉の下にある、三、四寸幅の飾り帯のような凝った彫り模様をぶち抜いていた。

「あっ!」

裂けた穴から、小石のようなものが幾つも飛び散った。ばらばらと畳にこぼれ落ちたそれを拾い上げる。

「こいつは」

二分金だった。茶簞笥をたしかめると、彫り模様の帯の右半分が、隠し穴になっていた。下の抽斗を引っ張り出すと、ちょうど指が入るくらいの穴があり、引っ掛けると蓋が持ち上がる仕掛けだ。

「こんなところに隠してやがったのか」

喜び勇んで金を全てかき出したが、どうもようすがおかしい。出てくるのは金、銀の小粒とあとは文銭ばかりで、小判はたったの四枚。合わせても、せいぜい三十両が関の山だ。睨んだとおり、どこか別のところに大金を隠してやがるんだ。

「やっぱり、最初っから金目当てだったんだね」

振り返ると、青ざめたお吟が座敷の外に立っていた。玄関も襖も開けっ放しのまま空巣に夢中になってたもんで、まるで気づかなかった。

「残りの金はどこにある」

おれのものじゃないような、薄気味の悪い声が出た。

「……なんのことだい。金はそこにあるだけさ」

「とぼけんじゃねえ！　あと七十両はある筈だ！　さっさと出せよ、いますぐ洗い浚い要るんだよ！」

お吟の口が、ぽっかり開いた。

「……なに言ってんだい、その金はみんな、おまえが貸しちまったじゃないか」

！

お吟と同じに、開いた口が塞がらねえ。

おれは天下一の大馬鹿者だ。お吟に怪しまれるのを恐れて、てめえじゃ書付を作らず、頭ん中だけで算盤玉を弾いてた。これでいくら増える、締めていくらになると、そればかりを算してた。だがそれは、もしも残らず返済されればだ。金貸しをやってる限り、そんなことは金輪際有り得ねえ。それに……。

「金はどっか外に預けるか、隠してるか、してるもんだと思ってた。あんたはいつも……」

「ああ、そうさ。貸し高が大きいときは、どこかに出かけて次の日渡す。あれはおまえの目を欺くためさ。初めのうちは……いいや、長いこと信じちゃいなかったからね。うまい話や都合のいい話ってのは、必ず裏がある。身に沁みてわかってた筈なんだが」

腰から下の力が抜けて、くたくたと畳にへたり込んだ。

「わかってたのに、おまえと花見に行った頃から、何故だかすっかり気を許しちまってた」

馬鹿だよねえ、とお吟が呟く。

「ふふ……ふ……」

知らぬ間におれは笑っていた。笑うより他に何ができる。

「おまえが要るのは、さしずめ吉原女郎の身請け金かい」

「……なんで、それを」

「今日おまえに手紙を届けにきたのは吉原もんだろう？　大方そんなことじゃないかと思っ

たよ。おまえが吉原通いをしてたなんて、それこそ夢にも思わなかったがね」

お吟がおれの前に立ち塞がった。

「その金は、みんなおまえにくれてやるよ」

「……お吟……」

「その代わり、二度とここには顔を出さないどくれ！　さあ、これを持って、とっとと出てお行き！」

散らばった金を両腕でかき集め、おれに押しつける。おれとお吟の目が合った。こんな間近でお吟の顔を見るのは初めてだった。

「さあ、さっさとおし！　ぐずぐずしてると人を呼ぶよ！」

お吟の唾が、顔にかかった。

ふらりと立ち上がると、お吟がびくっと身を引いた。その傍らを通り過ぎ、外に出た。

「さよならだ、婆さん」

呟いた声は、強い風に持って行かれて、耳には届かなかった。

月の頼りない晩だった。暗い道をただひたすら歩き続ける。

やがて、赤い蛍のような丸い灯りが見えた。羽虫のように、からだが引き寄せられる。

二八蕎麦屋の屋台提灯だった。暗い橙《だいだい》の灯りに、紺縞の襟の辺りが鈍く光った。

二朱銀だった。銭が散ったとき、飛び込んだもんだろう。

釣りがねえと嫌がる親父に二朱銀を押しつけ、味のない酒を喉に流し込んだ。いつまで経っても酔えないような気でいたが、いい加減のところで立ち上がると、からだがぐらりと傾いた。釣りがどうこう言ってる親父を残し、店を後にする。

気がつけば、吉原大門の前だった。

川っ風にさらされたせいか、左右に揺れていたからだは、大分しゃんとなっていた。酔いが残っているつもりはなかった。濡れた真綿を押し込んだように、胸の内が冷たい。その中に固い芯があるように思えたが、芯の正体はわからなかった。

足はまっすぐ亥西屋へ向いた。今朝の遣手が目ざとく見つけ、すり寄ってくる。

「まあ、お客さん、一日に二度も来てくださるなんて、お有り難う存じます。やっぱり幾登瀬ですか？　申し訳ございませんねえ。あいにくいま先客の相手をしてましてね。でもご心配なく、他にもいい妓が一杯おりますよ。あの妓なんてどうです？　見世に出て五日も経っちゃおりませんよ」

遣手が示した遊女は、見世に出立てとはとても思えぬ、媚《こ》びた科《しな》を作った。

「いまいる客が帰るまで待たせてもらう」

「それがねえ、今日はあいにく仕舞いまでからだがあかないんですよ。大事なお客の相手をさせておりまして」

「……身請けするっていう、足袋屋か？」

遣手はあわてて違うと言い立てたが、その引きつった顔から察しがついた。

「あっ、お客さん！」

遣手を突き飛ばし、店の中に走り込んだ。

「お妙！　いるんだろっ、お妙！」

大声で叫びながら階段を上がろうとすると、

「早く、あの男だよ、摑まえとくれ！」

遣手の金切り声とともに、店の若衆三人に押さえ込まれた。男たちにずるずると引きずられて行きながら、叫び続ける。

「お妙、おれだ！　返事しろ、お妙！」

「吉ちゃん！」

階段の中ほどに、お妙が立っていた。こちらに駆け寄ろうとするお妙を、遣手が遮る。

とうとう店の外まで押し出され、地面に叩きつけられた。立ち上がり、また店へ戻ろうとすると、若衆が胸座を摑んだ。

「このまんま、お引取り願いやすぜ」

殴られた拍子に、向かいの見世の格子でしたたかに背を打った。遊女の悲鳴と、それを物色していた男たちのどよめきが響く。

「とっとと失せやがれ」

おれを殴った男が、道に唾を吐いた。

――野郎……

胸の中にあった芯が、そのとき弾けた。濡れた真綿の中にあったのは、真っ赤に焼けた熾《おき》火《び》だった。颪に煽られたかのように、一息で燃えさかる。

獣じみた叫びが、喉を食い破るように迸《ほとばし》った。

声に振り向いた男を殴りつける。柱にぶち当たった男の鼻から、血が垂れた。

「お、おめえっ」

別の男が拳を構えるより前に、眉間に一発お見舞いする。大声で助っ人を呼ぶ残る一人の腹に、右手をめり込ませた。重い手応えとともに、相手の膝がかくりと崩れた。

高い悲鳴に怯えが混じり、両袖の格子についていた遊女たちが、一斉に壁際に後退る。

「喧嘩だ！　喧嘩だ！」

「うちの若い衆《し》がやられた！　加勢してくれ！」

たちまち集まった見物人の垣を乗り越え、半纏《はんてん》を引っ掛けた若い衆が、次々と駆けつける。殺気立った連中にぐるりを囲まれたが、恐くもなんともなかった。昔取った杵柄《きねづか》というより、どっかがぶっちぎれていたんだろう。考えなしにからだが勝手に応じ、その度に鈍い叫びと血が飛んだ。握った右手は、とうにしびれて感じがなかった。

目の前の男の顎に、拳が入ったと思えた刹那《せつな》、目から火が出て、足に力が入らなくなった。頭の後ろに鈍い痛みがある。棒かなにかで殴られたんだ、と思った時には、頭が地面についていた。

「この野郎、手こずらせやがって！　おい、やっちめえ」

両手で庇った頭の傷を除けば、からだ中が蹴り上げられる。胸に入ったひと蹴りで、急に痛みが遠のいた。

「やめて！　もう、やめて！　吉ちゃん、吉ちゃん！」

お妙の声が、次第に離れてゆく。代わりに別の声がした。

「あんちゃん！　あんちゃん！」

みっともなく泣きじゃくる、丸い顔が見えた。

――いい大人が、人前で憚《はばか》りなく泣くもんじゃねえや

そう言おうとして、ふいに目の前が暗くなった。

動けぬおれの前に、色んな夢がくり返し現れた。

夢から覚めても、歪んだ天井か闇ばかりだ。時折、心配そうな男や女の顔が覗き込む。これは、誰だったろう。女の顔は、お吟やお照のようにも見える。ああ、そうか、勝平にやられて大熱を出した、あん時か。

と、目の前の顔が、ぱっと男に変わった。見覚えはある。けどどうしてもわからねえ。

「よかった、気がついたようだね、浅吉さん」

安堵の混じったその声で、ようやく思い出した。

「このまんま目を開けなかったらどうしようと、えらく気を揉んだよ。医者は大丈夫だって言ってたけどね」

鶴紀之の旦那だった。

「まったく、あん時は驚いたよ。騒ぎをききつけて行ってみたら、若い衆の真ん中であんたが大暴れしてる。止めようにも手も出せない有様だ。連中もここまでひどく痛めつけることは滅多にないんだが、あんたが強過ぎた。仲間が七、八人もやられたもんで、連中も本気を出しちまったんだ」

何か言おうとするが、からだ中が痛くて声も出ねえ。殊に左足は、竃ん中に突っ込まれてでもいるように、もの凄く熱い。

「痛いんでしょ、無理しなさんな。あんたのからだは、傷のないとこは一つもないくらい、ぼこぼこだ。左足は折れちまってる。元通りになるには、半年は掛かるそうだよ」

「……すまね……世話ぁ……」

「なに、算術仲間の好《よしみ》さね」

うまく口がまわらねえおれに、旦那は貧相な顔をほころばせた。

数日経って、床の上にからだを起こすことができるようになると、旦那は算術問答を持って枕許を訪れるようになった。

「旦那はほんとに算術が好きなんすね」

鶴紀之は、はにかんだような笑みを浮かべ、

「これもみんな、先生のおかげだよ」

と、師匠が初めてここを訪れたときの話をした。

顔繋ぎをしたのは、やはり算術を教わっている油問屋の主だという。その主人は前々から の紀之屋の馴染みで、来る度に芸者衆なぞも呼び結構な金を落としてくれる。座敷に挨拶に出向いた鶴紀之は、そこで師匠を紹介されたと言った。

「算術家の先生ときいて、そりゃあ凄いってお追従《ついしょう》は述べたものの、正直そんときゃ、ぴ

んと来なかった。するとね、先生が目の前の膳をさして言うんだよ。『そうだ、凄いぞ。たとえばな、この小鉢に入っている煮豆を縁まで一杯にすると、いくつ入ると思う』と訊くんだ。あたしが首を傾げると、百五十二粒だと先生が言った。座興のつもりで試しに数え入れてみたら、ぴったりその数だった」

あれには驚いたね、と旦那は気持ちよさそうに笑って煙管をとり出した。

「小鉢に煮豆がいくつ入るかなんて、どうでもいいことなんだが、逆にそれが面白いように思えてね。それから嵌まっちまった。先生に教わるのがまた楽しくてね、なにより答えがちゃんと出てくるとこがいい」

「答えが一つか」

おれが明るい障子窓を眺めて呟くと、旦那はため息混じりに煙を吐いた。

「なにせこんな商売だから、色々あるのさ。いつだって正しい答えなぞ、出た例《ためし》がない。吉原はそういうところだ。いちいち仏心なんぞ起こしてちゃ、この商売はやっていけない」

言い訳めいてもきこえるが、これは本音だろう。

「楼主だなんて言ったって、多少えばれるのは廓の内だけ。あたしらみたいな吉原もんは、ひと度大門を出れば身分のない身だ。ここを出ても町人としちゃ扱ってもらえないし、それは死ぬまで続く。だけど算術仲間の集まりに呼ばれるようになって、初めて人並みの扱いを受けた。そりゃあね、最初は嫌な顔する人もいる。だが問と睨めっくらしながら、ああだこうだ言ってるうちに、途中からどうでもよくなっちまう。たまたま難しい問を当てて見せたりすると、皆が誉めてくれる。あれが嬉しくてね。あたしが算術を続けてるのは、そんな子供じみた楽しみのためさ」

恥ずかしそうに笑い、立ち上がって障子を開けた。こもった煙が、ふうっと流れた。

向かいの見世の二階が見えて、窓に干された手拭に、日の光が当たっていた。

午にはまだ大分間がある。吉原で唯一、長閑な時間《とき》だった。


「本当に、あんな無茶をして……どんなに心配したか」

頭と首から胸にかけて、さらに左足に布を巻かれたおれの姿に、お妙が涙ぐむ。

「こちらで世話になってるってきいたときは、ほっとした余り、へたり込んじまったわ」

「よく来させてもらえたな……その、亥西屋じゃさぞ恨みに思ってるだろうに」

お妙が顔を伏せ、膝の上で手指をもてあそぶ。

「迷惑かけてすまなかったな。おめえの借金が、増えちまったりしてねえだろうな。おれが痛めつけた若い衆への詫び代とかは、どうなった」

「吉ちゃん、怒らないでね。色々引っくるめて、よくしてもらったの……足袋屋の旦那さんに……ここに来るのも、見世に口添えしてもらって……それで……」

「そうか」

怒るも何もねえ。おれのやった尻拭いを、お妙の男にさせたんだ。勝負なんざ、はなっからついちまってる。

お妙の両手に、ぽたぽたと涙が落ちる。

「泣くなよ、お妙。足袋屋の旦那は、いい人なんだろ」

こくんと頷き、顔を上げた。

「吉ちゃん、嘘ついてごめん……。だけど、吉ちゃんがわざわざ江戸へ来てまで拵えようとしてたお金は、あたしを請け出すためじゃないでしょう？」

「お妙……」

「吉ちゃんのお金は、そのためだけに使ってほしかった。それがあたしの望みでもあるの」

たぶんそうじゃねえかと、寝床でぼんやりしていたときからわかってた。

「お妙、足袋屋の旦那に、世話になってすまねえと、おめえのことをよろしく頼むと、そう伝えてくれ」

「吉ちゃん……」

「幸せになれ、お妙」

口にするのは辛かった。

亥西屋で弾けた芯は、あれはかっかと熾った俠気なんぞじゃねえ。小さい頃からずっと拠《よ》り所《どころ》にしていた、お妙への思いだった。

その最後の燃えかすが、灰になって崩れ落ちた。

九

なくしてみると、どんなに大事なものか改めて身に沁みる。

お妙を失った痛手は、なめくじのように長く後を引いた。その割に鬱々と物思いにふける暇が存外なかったのは、鶴紀之の旦那が、おれを算術漬けにしちまったからだ。それが一段落すると、今度は師匠が現れた。世話になって半月近く、そろそろここを出なけりゃいけねえと考えていた矢先だった。

「きいたぞ、きいたぞ。吉原で大立ちまわりをしたそうだな。おれもぜひ見てみたかった。今度やるなら、おれがいるときにしてくれ」

師匠の笑い声が、からだ中の傷に響く。

「おっさんは、いつから江戸に？」

「昨日着いたばかりだ。着いて早々、橋場の寮の親父から勘左のことをきいてな」

「勘左がどうかしたのか」

「十日ばかり前、橋場の寮に勘左が来たそうだ。しきりに親父やかみさんに鳴いてみせ、寮の上を飛んだり、また庭に降りたりと、落ち着かないようすだったと言うんだ」

「いきなり居なくなったもんで、おれを探しに来たんだろう」

「そんなおっとりとした風情ではなかったらしい。もっと差し迫ったものを感じてな、これはおまえに何かあったに違いないと、二人はずっと気を揉んでいたようだ。おまえの居場所を知っているならすぐに行けと尻を叩かれてな、今日、三軒町を訪ねてみた」

「婆さんに追い返されたろう」

「いや、お吟はおまえの行方を探していた。心当たりを尋ねてみると言うと、おまえに伝えてくれと頼まれた。最初に思いついた先が、亥西屋のお妙だというわけだ。わしの勘もなかなかのもんだろう」

「婆さんに何を？　恨み言でも言伝《ことづて》されたかい」

「いや、勝平が捕まったと、そう伝えろと言っていた」

「なんだって！　そいつを先に言えよ！」

「したがおまえ、その傷ではどこへも行けまい」

「いいや、どのみちここには、これ以上世話にはなれねえ。明日の朝、深川に戻る」

夜が明けると、朝餉の席で鶴紀之に仔細を告げた。旦那も止めたが、師匠が付添いを申し出ると根負けして駕籠を呼んでくれた。

「旦那には本当に世話になった。医者なんぞの掛りは後で必ずお払いしやす」

「嫌だね、この人は。算術仲間の好だと、そう言ったじゃないか。気をまわさずとも、次は三日三晩、問答につきあってもらうよ」

鶴紀之の旦那はそう言って、どこか名残惜《なごり》しそうに師匠とおれを送り出した。

町屋から、朝餉の煙が消えた時分だった。吾妻橋から深川に渡り、簾を上げた右手に流れを臨みながら、駕籠は隅田川沿いを南へ向かった。曇った空を映した灰色の川からは、秋の風が吹き上げていた。師匠は自慢の達者な足で、駕籠脇に従っている。

両国橋のたもとに差しかかったとき、覚えのある小さなからだが目にとまった。一目散に橋を渡ろうとする後ろ姿に向かい、声を張り上げた。

「トミ！」

「……浅吉……」

振り向いたトミが、ころがるように駆けてくる。

「馬鹿やろう！　いままでどこにいたんだよ！　散々探した……」

と、おれの情けない格好に、唖然とする。

「浅吉、怪我したのか」

「なに、たいしたこたぁねえ。それより、勝平が捕まったってほんとか」

「ほんとだ、ハチも一緒に、北の役人に連れて行かれた」

何かを堪えるように、トミが荒れた両手を握りしめた。

「詳しく話してみろ」

事は今月十五日、富岡八幡の祭礼で起きた。その人出をあて込んで、仲間うちの三組が門前で稲荷鮨を売っていた。

「勝平とハチ、それにおれの組だ」

こっから先は、ハチの相棒で一部始終を見ていたイネの話だ、とトミは断りを入れた。

「そのときハチは、イネの指図で鮨を包んだりしていたらしい。その隙にハナがハチの傍を離れた。気づいた二人が首を巡らすと、向かいの軒先で酔っ払いの男が、ハナのからだをべたべた触ってやがったんだ」

後に男は、迷子かと思い親を探してやろうとしただけだ、と申し開きをしたそうだが、その男が昼間っから真っ赤になるほど酔っていたのも本当らしい。どちらにせよ、おれがハナの頭を撫でることさえ嫌がるハチだ。

「イネが止める隙もなかった。ハチはその男を、天秤棒で滅多打ちにしたんだ。周りの大人にとり押さえられるハチを見て、イネはすぐに近くにいた勝平を呼びに走った」

番屋にしょっぴかれて行くハチを助けようと、今度は勝平が大暴れした。騒ぎに気づいてトミが駆けつけたときには、その真っ最中だったという。

「野次馬の中に勝平の顔を覚えてた者がいて、こいつは泥棒だって騒ぎ立てて」

祭の見廻りをしていた北町の同心が、出張ってきたという。

「おれも助けようと頑張ったけど、下っ引きに羽交い締めにされて何もできなかった。けどそのとき、片目たちが助けにきてくれたんだ」

「そうか、片目が」

片目と三羽の烏は、勝平を押さえつけていた同心に襲いかかった。同心や小者《こもの》が十手で払ったが、烏はしつこく食い下がり、遂に同心は刀を抜いた。

「そいつが、片目を切ったんだ」

「片目は？」

俯いたトミが、首を横に振る。片目はその三羽の親分格だった。片目が地に落ちると、烏たちの勢いは急に衰えたという。

おれを当てにできなかったトミたちは、長谷部家を頼った。

「旦那さんも婆様も、幾度も番所に出向いて掛け合ってくれたけど、おれたちがやった盗みの訴えはいくつも出ていて、ハチが殴った男もひどい怪我を負った。旦那さんが役人にきいた話じゃ、よくても牢籠めと所払いは免れねえだろうって」

「なんだと！」

二人は番所から小伝馬町の牢屋敷に送られ、そこで裁きを待っているという。

「今日、お裁きが降りるんだ。お白州のために牢から北の役所へ送られるって……」

と、トミがぎりっと歯嚙みした。きつい顔つきが、さらに鋭さを増した。

「あいつら、おれを置いて行きやがった……」

「トミ？」

「お裁きも役所送りも明日だって嘘ついて、おれだけ仲間外れにしやがった！　一緒に二人を助けようって拳万《げんまん》したのに、ゲンタもサンジもテンも……」

トミの小さな拳が、何度もおれの胸を打つ。

「おまえら、役人の手から二人を奪い返そうとしてたのか」

「勝平がいなきゃ、おれたちはやっていけね。ハチがいなくなってから、ハナは飯もろくに食わね。おれたち四人が身代わりになってでも、二人を助けようって約束したのに……」

トミの両目から、噴き上げるように涙がこぼれた。痩せたそのからだを胸に抱きとる。

「おめえは小さい連中の母親代わりだ。勝平と同じに、いなけりゃ困ると、あの三人は考えたんだろ」

「そんなことわかってら！　だから悔しいんじゃねえか！」

くぐもった声で叫び、はっとおれの顔を仰いだ。

「こうしちゃいられね。早く行かねと間に合わなくなる」

「わかった。ひとまず連中を止めよう。それに二人の咎《とが》をどうにかしねえと……」

牢屋暮らしの酷さは、度々耳にする。からだを横にする隙間もなく、少しでも場所をあけるために、囚人同士の殺し合いも珍しくないという。どうする……どうすれば……。

それまで傍らに黙って立っていた師匠を仰ぐ。

「おっさん、頼みがある」

「なんだ」

「北の役所でたしかめてほしいことがある。それから三軒町のお吟のとこへ、金を借りに行ってくれ」

師匠におれの考えを話す。

「おれのことは金輪際許しちゃくれねえだろうが、お吟が勝平らを案じてたなら、貸してくれる筈だ」

「よし、引き受けた。おまえはどうする」

「おれは牢屋敷へ行く」

「そのからだでか」

「あいつらを止められるのは、おれだけだ。なに、無理はしねえよ」

笑ってみせたが、師匠はてんで信じちゃいねえようだ。

「くれぐれも、無茶はするなよ」

おれはさっさと駕籠を出させた。師匠の真顔なんざ、いつまでも見ていたくはなかった。


大川を渡り、両国広小路から馬喰町《ばくろちょう》を抜け、小伝馬町に入る。

駕籠屋を急《せ》かしたつけは大きかった。半端ではない揺れように、からだ中が悲鳴をあげる。かつぎ棒から下がった紐を両手で握りしめ、舌を嚙まぬよう歯を食いしばった。

「浅吉、あれ！」

通りを曲がったところで、駕籠脇を駆けていたトミが声をあげた。ここからまっすぐ一丁行けば牢屋敷だ。駕籠を止め首を突き出すと、正面に黒羽織の従える一行が、こちらに向かって近づいてくる。役人が二人。小者のうち三人は、三、四本の縄を握っており、縄の先には雁字搦《がんじがら》めに括られた囚人がいた。勝平とハチの姿はここからは見えないが、行列はいたって静かだ。

「どうにか間に合ったみてえだな」

駕籠から降りて、鶴紀之から拝借した杖を支えに立ち上がった、そのときだった。行列に向かい、ばらばらと石礫《いしつぶて》が飛んだ。役人と小者が顔色を変え、石の飛んできた方を振り向くと、今度は逆の横道から荷車が飛び出して、囚人たちの列に突っ込んだ。ふいを突かれ、縄尻をとっていた小者と十人ほどの囚人たちが、どっと道にくずおれる。

「ゲンタ！　サンジ！」

荷車の陰から現れた二人を認め、トミが駆け出した。

「トミ、行くな！」

止めても無駄だった。トミは軒下にあった竹箒《たけぼうき》を拾うと、天秤棒を振りまわすゲンタとサンジに加わった。役人らが三人に気をとられている隙に、石の投げられた側から、小刀を手にしたテンが、倒れたままの囚人の列に近づいた。

思うように動かぬからだが、歯痒《はがゆ》くてならねえ。このまま外して置き去りにしたいような左足を引きずって、杖をつきながら一歩一歩騒ぎの輪へと歩み寄る。テンが勝平とハチを助け起こし、囚人の団子から引き剝がすのが見えた。勝平のからだの縄に、テンが小刀を当てた。

「テン！　切っちゃならねえ！」

「……浅吉！」

叫んだのは勝平だった。後ろ手に縛られた不自由なからだを左右に振りながら、こちらによたよたと駆けてくる。やはり縄を巻きつけたままのハチが、当り前のように勝平に従う。もう少しで勝平とハチに手が届く。と、思った矢先、

「おまえたち、どこへ行く！」

役人の黒羽織の背が、おれと二人のあいだに立ちはだかった。

「ええい、列に戻れ、戻らんか！」

役人が十手を振り上げた。勝平の顔に、それまで見たこともない怯えが走った。

「そいつを打つな！」

夢中で手にした杖を振っていた。役人が道にころがった。

「浅吉！」

支えを失ったからだが、前のめりに倒れ込む。つっかい棒になるかのように、胸に飛びこんできた勝平とハチをかき抱き、崩れるように膝をついた。

「貴様、よくも！」

右肩に鈍い痛みが走った。顔を上げると、憤怒のあまり真っ赤になった侍が見下ろしていた。おれが杖で突いた役人だった。

「その二人を放せ！」

「こいつらに盗みをやらせてたなぁ、このおれです！」

「なんだと」

同心の細い眉が釣り上がった。肉付きの悪い唇と相俟《あいま》って、情の薄そうな面相だ。

「浅吉、なに言って……」

勝平を素早く睨みつけ、口を封じる。

「本当なんで。こいつらを脅し、殴る蹴るして無理やり盗みをはたらかせた。どうかお縄にしてくだせえ。その代わり、こいつらは放免してほしいんで」

「おまえは番屋へ引っ立てる。その二人をこちらに渡せ」

「こいつらのお裁きはとりやめるよう、お奉行様に掛け合っちゃもらえやせんか」

「こやつらの罪は既に明白、おまえごときが口を挟むな！」

駄目だ。こんな奴に、勝平とハチは任せられねえ。

後先考えず、からだが動いた。おれは膝と頭を地につけた格好で、腹の下に勝平とハチを抱え込んだ。

「貴様、何を！　放せ、放さんか！」

役人の十手が、おれの背を滅多打ちにする。腹の下から勝平のくぐもった声がした。

「浅吉、馬鹿、おめえ、何やってんだ」

「おめえらだけは渡さねえ」

こいつらは、おれに残った最後のもんだ。金もお妙もお吟の信用も、全てなくした。こいつらまでみすみす渡しちまえば、おれが江戸に来た甲斐なんぞ一つもねえ。

「ぐっ！」

折れた足を蹴られ、呻き声がもれた。痛いのを通り越して吐き気が込み上げる。腕を引っ張っても十手で打ち据えても埒《らち》が明かず、役人は本気で怒り始めていた。

「囚人送りを邪魔するなぞ不届千万、手打ちにされても文句は言えぬぞ」

耳にひやりとしたものが当てられた。刀だった。

十手を携える町方役人は、滅多なことでは刀を抜かない。こいつはもしかしたら……。

「浅吉！　勝平！　ハチ！」

トミの声だった。

「浅吉、おめえ死ぬ気かよ、さっさと放せ、放せったら！」

勝平も腕の中でしきりにもがく。返事の代わりに、さらに腕に力をこめた。

「脅しではない。放さねば斬るぞ」

刀が耳から離れ、上に持ち上げられた気配があった。

「浅吉ぃ――！　勝平ぇ――！　ハチィ――！」

トミだけじゃなく、ゲンタもサンジもテンも、声を限りに叫んでいた。

四人の叫びに、鋭い声が応じた。

ギャア――――！

次いで、翼を打つ音が頭の上でいくつも重なった。

「わあああっ！」

人とは思えぬ恐ろしい悲鳴が響き渡った。頭を上げると、目の前に真っ黒な塊が蠢《うごめ》いていた。その傍らに刀が投げ出され、塊から突き出した二本の足が、虚しく空《くう》を掻く。

二、三十もの鳥が、あの役人に群がっていた。

カア、カ

おれの前に舞い降りたのは、勘左だった。勘左は屈《かが》めたおれの背に飛び乗り、鳴きながら羽ばたいた。おれを守ってくれるつもりらしい。

囚人たちが芋虫のように括られたからだを折り曲げ、軒下へ逃れた。小者らは、とうに逃げ出して物陰からようすを窺っている。残る一人の役人だけが、同輩を助けようと十手をかざしたが、地に降り立った他の数十羽に阻まれて、身動きできずにいる。

「いまのうちに逃げろ！」

いつの間にか、傍らにトミがいた。

「おめえらが群を連れてきたのか」

空は黒い鳥で埋めつくされ、その隙間から灰色の空が見え隠れしている。

「おれは片目の子分に頼んだだけだ。片目の仇《かたき》から勝平とハチを奪い返す、手伝ってくれって。でも通じなくて、それで形見の赤い布を振ったんだ。そうしたら三羽が急にわめき出して、欅に残っていた仲間と一緒に、どっかへ飛んでっちまった。仕方ねえから連中の助けは諦めたんだ。ついてきてるなんて、知らなかった」

トミは黒い塊をちらりと眺め、低く言った。

「あいつらは、片目の仇を討ったんだ。片目を斬ったのは、あの役人だ」

鳥は、受けた仇《あだ》は決して忘れねえ。

「もういい加減放せよ」

勝平に言われるまで、おれは両腕の力をこめたままだった。

「すまねえ、大丈夫か、勝平」

「ああ、どうにかな」

「ハチは、怪我はねえか」

「ウン」

「え」

思わず右腕のハチを見た。あさっての方を見ている顔を、こちらに向けた。

「おめえ……いま、返事、したか？」

「ウン」

相変わらず能面みたいな顔だ。だがハチの目の中には、ちゃんとおれが映っている。

「そうか、ハチ、おめえ、大丈夫か」

嬉しくて嬉しくて、師匠がよくやったように、ハチの頭をごしごしと撫でた。

「浅吉、もう行こう、そろそろやばい」

トミがおれの腕を引いた。役人の上に群れていた鳥が、一羽、二羽と空へ舞い上がる。

「待て、おれは逃げるつもりはねえ」

勝平とハチの顔を交互に眺める。

「おめえらもだ。いま逃げたら、一生追われる身だ」

「だけど、浅吉、おめえまで捕まったら、おれたちどうすりゃ……」

焦《じ》れるトミに、噛んで含めるように話す。

「言ったろう、トミ。さっきのおっさんと一緒に、うまくやってくれ。後はおめえらの働きにかかってんだ。後はおれがなんとかするから、おめえら四人はここをずらかれ。勝平、ハチ、こいつらを信じて、それまで辛抱しろ。わかったな」
「わかった。ハチはそれまでおれが守る」

勝平が頷き、ようやくトミが諦めた。トミたち四人が走り去ったときは、烏もほとんど残っていなかった。それでもまだ空には、数十羽が縦横に飛びまわっている。

「勘左、有難うな、おめえももう行け」

おれの背から地面に降りた勘左が、小首を傾げておれを見た。

「勘左、かみさんと達者で暮らせ。おめえと会えてほんとによかった」

おれは勘左に別れを告げた。

黒い鱗《うろこ》が剝がれるように烏が少しずつ失せて、血だらけの役人の姿が見えた。こっちに向いて投げ出された袴の足は、ぴくりとも動かない。理由《わけ》はどうあれ、おれのせいで役人が死んだとあっちゃ、もう生きて娑婆には戻れねえ。おれはそう観念していた。

大番屋でおれの調べに当たったのは、高安門佑《たかやすもんすけ》という三十そこそこの与力だった。おれより上背があり、鷹によく似た厳しい顔つきは、融通のきかなそうな御仁に見えた。

「おまえがあの子供らに、囚人送りの行列を襲わせたのだな」

「そんとおりです。あの二人のお裁きを、日延べしてもらいたかったんで」

「盗みをさせていたというのも誠か」

「いえ、それは偽りです」

「なんだと」

「すいやせん、ここに押し込まれねえと、話をきいてもらえねえと思ったもんで……」

「御上を謀ると、それだけで罪になるのだぞ」

「わかっていやす。けど、あいつらのことは、おれがいちばんよく承知してやす。ハチがどうして酔っ払いの男を殴ったか、そのハチを助けるために、なんで勝平が無茶をしたか、おれより他にわかるもんはいねえ筈だ。それをぜひともきいてほしかったんで」

今更無駄だと突っぱねられる覚悟でいたが、存外その堅物は耳をかたむけてくれた。おれは勝平たちとの関わりを包み隠さず全て明かし、おれの長い話を、その与力は二日がかりで辛抱強くきいてくれた。

最後になって、高安様が訊ねた。

「おまえは鳥を使えるのか。あの鳥たちは、おまえが操ったのか」

「いや、おれの鳥はあん中の一羽だけです」

と、勘左との経緯《いきさつ》と、あのとき背に乗り庇ってくれたことを話した。

「……あのお役人様は……助かりやせんでしたか？」

「いや、随分ひどくやられたが、命には別状なかった」

「さようですかい……そいつはよかった」

心底ほっとして、知らずに息んでいたからだから力が抜けた。

「お役人にはすまねえが、あの烏たちは片目の仇を討ったんです」

「片目？　片目とは……？」

と、与力は俄かに顔色を変えた。

「片目ってのぁ、あのお役人に斬り殺された烏のことです。片目が半分潰れていたんで、その名で呼ばれてやした」

高安様の喉仏が、ごくりと上下した。

「襲われた同心は、左目をひどくやられてな。どうにか失明は免れたが、瞼が半分ほどしか開かなくて、まるで片目のようだと……」

おれと高安様は、同じ悪夢を見て一緒に飛び起きたように、色の抜けた互いの顔を見合わせた。烏がどうして祟められ畏れられているか、わかったような気がした。

「熊野神社の御札でも、手に入れたほうがよいかもしれぬな」

やはり同じことを考えていたらしい高安様が、そう呟いた。

おれには囚人の奉行所送りを邪魔した罪で、江戸十里四方所払いが下った。烏が役人を傷つけた件は、一言も触れられなかった。鳥の仕返しを恐れたに違いないと、後日、街中ではもっぱらの評判になったが、おれは高安様の温情のように思えた。

「あの、子供らは、どうなったんでしょうか」

役所から解き放ちになる日、ようやく会えた高安様に訊ねた。

「おまえが拘っていた二人のことか。あの子供らへの訴えが、全てとり下げられたとはきいておる」

トミたちは、うまくやってくれたんだ。勝平とハチを助けるには、訴状をとり下げてもらうしかなかった。師匠に相手先を調べてもらい、盗んだ金を先方に返し、あるいはハチが怪我をさせた男には薬代をはずんで、トミたちに頭を下げさせた。後できいた話では、子供らと一緒に出向いてくれたのは師匠ではなく、長谷部の義正殿と母君だった。十三人の子供とともに、町場の者相手に丁寧な詫びを入れてくれたのだ。

「しかし、祭で暴れた上に、これだけの騒ぎになったのだ。無罪放免とは行かぬ」

「そんな……。じゃあ、あいつらは……」

「あの二人は、所払いだ」

おれの思いつきは、なんにもならなかったのか。唇を噛んで項垂れる。

「深川から、追ん出されるっていうことか……」

「深川だと？　何を言う。あの二人は深川になぞ住んではおらん」

「え？」

「勝平とやらが最後に里子に出された先は下谷、もう一人に至っては、住まいはおろか名さえわからん。いずれにせよ、二人が深川にいたなどという証しはどこにもない。何よりあの子供が申し述べた住処とやらは、さる藩の下屋敷だ。そんな世迷言を真に受ければ、こちらが笑いものになるわ」

　あっ！

　弾かれたように、頭を上げた。与力の鷹のような鋭い顔は、眉一筋も動かない。

「万が一そのような嘘が通れば、迷惑を蒙るのは藩のほうだ。妙な噂が立っても困るからな、殿様の格別のお計らいで、子供らには深川に借家を世話してくれるそうだ」

「高安様……」

「迎えの者が参っておる。早く行け」

　おれの口を封じるように、足早に立ち去る黒羽織の背に、おれは深く頭を垂れた。

　奉行所の表門へと足を引きずって行くと、門脇の腰掛けに見覚えた姿があった。

　身許引受人は、師匠でも長谷部様でもなかった。棒立ちになったおれのほうへ、ゆっくりと近づいてくる。その濃鼠の着物から、安煙草の香りが立ち上った。

十

「まったく、おまえほど手のかかる男はいないね」

おれの前から乱暴に膳を下げ、お吟がまくし立てる。

「あんたがおれの受人になっちまったからだろう」

「御上のお言いつけで仕方なくさね。でなけりゃ、どこの世界に我家へ押し入った強盗に、飯の世話までしてやる阿呆《あほう》がいるものか」

「人聞きの悪いこと言うなよ。簞笥を壊したのは悪かったけど、金は盗《と》っちゃいねえじゃねえか」

「なんだい、開き直るつもりかえ」

お吟が空巣を訴え出なかったばかりか、咎人になったおれを引き受けたときいて、些《いささ》か薄気味悪いほど不思議でならなかったが、いまが落ちどきの銀杏《ぎんなん》の実のように、ひっきりなしに嫌味を落とすところをみると、単に腹に据えかねた文句を、おれにぶつけたかっただけかもしれねえ。

「わかったよ、こんとおり恩に着る」

おれが拝んで見せると、腰に両手を当てて大きなため息をついた。

「だったら、ほんとのところをきかせてもらおうか。金が入用なのは、遊女の身請け代じゃないんだろ。あの達磨みたいな男に言われたよ。後の話はおまえにきけってさ」

どうやら師匠が、お吟をうまく説き伏せてくれたようだ。

「ま、怪我が治りゃ金輪際おさらばだから、もうどっちでもいいがね」

御上のお慈悲は、もう一つ下った。足の怪我が治るまでは、この三軒町に居ることが許されたのだ。

「おまえ、江戸を出たらどこへ行くつもりだい。武州へ帰るのかい」

「おれの在所は武州じゃねえ、甲州だ」

白湯をさし出した、お吟の手が止まった。

「おれの村は、甲斐国巨摩《こま》郡臼木《うすき》村。四十五年前にあんたが出てった、生まれ在所だ」

お吟の目と口が、大きく広がった。

「あんたほんとに気づいてなかったのか。おれが誰かに似てると、前に言ったろう。てめえの顔は、てめえじゃ見えねえもんなんだな。おれの顔は、あんたに似てるんだよ」

お吟の手に両手を添えて、静かに湯呑みを受けとった。

「おれのほんとの名は、吉郎太《きちろうた》だ」

「馬鹿な！　それじゃあおまえは……」

「あんたの孫さ。あんたが産んだ桝井《ますい》吉郎太は、おれの親父だ。もっとも四年前に死んじまったがな」

「……死んだ？　あたしの吉郎太が、死んじまったってのかい」

「流行り病でな。十日ばかり床について、あっさり逝っちまったらしい」

おれの生家は代々臼木村の庄屋で、産まれた長子は同じ名をつけられる。幼名は吉郎太。もっとも途中で勘当されたもんで、当主の名、菱右衛門は弟が継いだ。

おれは物心ついた頃から、親父に疎まれていた。二つ下の弟との扱いの落差は、そりゃひでえもんだった。お袋はいつも、当主として育て上げる故の厳しさだと宥めたものだ。だからおれは親父に認めてもらおうと、そりゃあ頑張った。学問もしたし、村のあれこれも心して学んだ。

おれが十四のときにお袋が死んだ。そしてお袋の葬式で、おれは親父に疎まれていた本当のわけを知った。それをきいて、おれは笑った。本当に腹を抱えて笑ったよ。

「あんたに似ていたからだ。あんたそっくりの顔が、母親に捨てられた親父の古傷を開いたんだ。笑えるだろ。なんて小せえ男だと呆れたよ。そんなつまらねえ因果でおれを疎んじた親父も、そんな親に認めてもらおうと頑張ってた自分の馬鹿さ加減にも呆れ果てた」

そっから箍《たが》が外れた。お袋の死を境に、お妙の母親は暇をとった。お妙というただ一つの突っかいも失って、あとは止めようもなく、落ちるところまで落ちた。

村の悪仲間とつるむようになり、畑は荒らす、橋は落とす、祭はぶち壊す、と散々悪さを重ね、十七の歳に勘当された。甲州街道の宿場町、韮崎《にらさき》に流れつき、土地の親分の下っ端に収まって、いっぱしの渡世人気取りでいた。売られてゆくお妙と会ったのも、韮崎宿だった。

「あたしの身勝手が、孫のおまえまで引きずられていたなんて、思いもしなかった」

お吟は筋張った手で、両の膝を握り締めた。

「別に、今更あんたに恨み言を並べるつもりはねえよ」

正直言うと、初めのうちはそんな気があった。言ったところで、罰は当たらねえと思ってた。だが目の前にいるのは、ただの小さな年寄りだ。

「……あのときは、ただ逃げたかった。何も考えず、村に立ち寄った旅の商人と一緒に逃げた。逃げて江戸に着いて、これで幸せになれると思った。愚かな話さ。男はすぐに田舎女なぞに目もくれなくなり、他の女と居なくなった」

「あんたは若い頃、村いちばんの別嬪だったそうだな。男が放っとかなかったんだろ。爺様もあんたに一目惚れして、家の反対を押しきって一緒になったんだろ」

「その自惚《うぬぼ》れが、仇になったんだ。あたしの産まれた家は、とにかく貧しかった。働き手は父親だけだのに、こいつが博打狂いで借金ばかりこさえる始末さ。だからおまえの爺様に娶《めと》られたときは、有頂天になっていた。水呑百姓の娘が、村の庄屋に嫁いだ。それだけで幸せになった気でいたよ。それをあっさり捨てちまうなんて、どうして辛抱できなかったかね」

　己を嘲《あざけ》るように言って、ため息をついた。

　外からは虫の音だけがきこえて、まるで村に居るような、ついそんな気がしちまった。

「爺様が頼みにならなかったからか？」

　村の寺に算額を奉納した爺さんは、結構な遊び人だった。近在の町で茶屋遊びなんぞに精を出し、揚句の果てに妾までこさえた。

「違うよ、そうじゃない。あたしが産んだ吉郎太を、姑に取られちまったからさ。あたしはほんとに乳をやるだけの乳母だった。日に数度乳をやる他は、ずうっと姑が吉郎太を独り占めしてた」

「あんたの姑はきつい女だったと、村の年寄連中は言ってたそうだ」

「たしかに嫌な女だと思ったよ。頭ん中で何度殺したかわかりゃしない。でも若い頃のあたしも、情の強《こわ》い高慢ちきな性分だった。だからよけい疎まれたのかもしれないね。若いうちはそんなこともわからなくて、己の不幸をただ嘆いてた。だから旅の商人なぞに、綺麗だの惚れただの言われて、いい気になっちまったんだ」

　苦い霧を振り払うかのように、お吟が小さな頭を二度、三度、振った。

「あたしが家を抜ける時、吉郎太に気づかれちまった。あんとき吉郎太は、六つにもなってなかった。どこ行くの、どこ行くの、ときかれて、あたしは答えられずに、そのまま走って逃げた。どこ行くの、おっかちゃん、どこ行くの、って声だけがずうっと追ってきた。仕舞いには、泣き声だけが遠くにきこえた。あの声は、いまでも耳から離れないよ。可哀相なことをした。どうしてあの時、あんな悲しそうな泣き声を、振り切ることができたんだろうね……。憎まれるのも当り前だ。最期まで、さぞかしあたしを恨んでたんだろうね」

　お吟は涙を堪えるように、皺だらけの口許を、ぎゅっと歪めた。

「いや、そうでもねえようだ」

　ただの慰めじゃあなく、おれはそうきいていた。

「病に倒れてから、親父はしきりにおれにすまねえと言ってたそうだ。あんたのことを殊更憎んだのも、どうやら曾婆《ひいばあ》さんの入れ知恵らしい。おまえの母親は男と逃げたあばずれだと、鬼のような女だと、親父は母親への口汚い罵《ののし》りを、絶えず言い続けられて育ったんだ。新しく来た二度目の母親とも馴染めなかった。そういう色んなことが、おれの顔を見るたびに噴き上げてきて、どうしようもなかったんだとよ。それに……」

お吟の顔を、真っ直ぐに見た。

「うわ言で、あんたを呼んでいたそうだ」

お吟のからだが固まった。見開いた両目から、堰を切ったように涙が溢れた。

「……吉郎太……可哀相に……吉郎太……」

涙は深い皺を伝って、ぱたぱたと膝に滴り落ちた。

「もっともみんな、弟からきいた話だ。おれは親父の死に目にも会えなかったし、葬式すら行ってねえ。おれを江戸に、あんたの元に来させたのは弟だ」

五尺そこそこの丸いからだに、丸い顔。

弟の蓑助は、外見《そとみ》も中身もおれとはまるで似ていない。

桝井菱右衛門の名は、この弟が継いだ。

師匠を背負って家に戻ったあの日から、三日も居続ける羽目になったのもこいつのためだ。三日のあいだ、弟はしゃべり通した。親父のこと、婆さんのこと、お妙のこと、そして村のこと。

「頼むから村へ帰ってきてくれ。一所懸命やったけど、やっぱりおれじゃ駄目なんだ。あんちゃんも見てわかるだろ。村はひでえ有様だ。田んぼも荒れ放題、みんな飢えてる上に、もう百姓を続ける気がなくなってる。三割ほどの百姓が、村から逃げた。おれは売れるもんはみんな売って、なんとか村を立て直そうと頑張ったけどうまくいかねえ」

矢継ぎ早の訴えにうんざりしながら、相の手でも入れるつもりで気楽に訊いた。

「家にあった古道具でも売ったのか」

「山だ。山を一つ残してみんな売った」

「馬鹿じゃねえのか！　こんな時期じゃ、安く買い叩かれるに決まってるじゃねえか！」

「うん、安かった。でも、それは悔いてねえ。その金で少しは食い物を賄えた。村のみんなの半年分の食い扶持《ぶち》にはなった。もっと早くにしていたら、何人かの年寄や小さい子を死なせずに済んだのにって、それだけは悔やまれた」

たしかに蓑助が山を売らなければ、もっと死人が増えたかもしれない。師匠とまわった村々と同じに、地獄絵図みたくなってたかもしれない。

「でもこれ以上、どうしていいかわかんねんだ。金はねえし、村を立て直す手立ても見つからねえ。けど、あんちゃんならできる筈だ。あんちゃんは昔から頭がよかった。力も強くて、できねえことは何もなかった」

おれはただのやくざもんだと、いくら断っても弟はきかない。こいつのしつっこさは、誰よりもようくわかっている。立居がとろく不器用で、そのくせ頑固で粘り強い。

「とりあえず、親分にきいてみるよ」

仕方なく、その場は逃げを打った。渡世人から足を洗うのは楽じゃねえ。それは弟もわかっていたようで、ひとまずおれを帰してくれた。

韮崎の宿に帰ってからも、里帰りの礼を言っただけで、親分には何も話さなかった。おれは弟に手紙を書いた。おれの身請け代五十両がなけりゃ、稼業から抜けられねえと、そう認《したた》めた。これであいつも諦めてくれると思った。

ところがそれから二十日ほど経って、出し抜けに弟が親分の元を訪ねてきた。

「こんとおりです、あんちゃんをどうか、村へ返してくだせえ。村を立て直すのに、どうしてもあんちゃんの力が要るんです」

土下座する蓑助の丸い背中越しに、親分がおれを睨みつけた。

「どういうことだい、浅」

おれは見えぬ餅でも食ってるみてえに、口をぱくぱくさせることしかできなかった。

「あんちゃんの身請け代は持ってきました。けど、五十両は都合できませんでした。こいつでどうか勘弁してください」

と、袱紗《ふくさ》包みを開いた。中からは小判と、それだけじゃなかった。金銀の小粒に銭まである。銭差《ぜにさし》に通したものではなく、波銭やら文銭やらが混ざった半端な銭だ。だが家にはもう、金なぞなかった筈だった。

「おめえ、この金どうやって……」

「残った一つの山を売ったんだ。でも五十両にはまるきり足りなくて、家中の金をかき集めたけど、金にして二十三両一分十三朱と銭十六文にしかならなかった。これでどうか、渡世人から足を洗わせてくだせえ。どうしても五十両いるなら、これから働いて、いつか必ずお返しします。お願いします。お願いします」

蓑助は幾度も額を畳に打ちつけた。

「馬鹿じゃねえのか！　丸裸の無一文になって、明日っからどうやって暮らして行く気だ」

「村にいれば、銭がなくても食うだけならなんとかなる。あんちゃんさえ帰ってくれれば、どうにかなるよ」

おれを振り向いた蓑助の丸い顔が、にこにこと笑った。

「浅吉！」

親分がいきなり怒鳴りつけた。

「おめえは渡世人の掟ってやつを、ようくわかってる筈だな」

おれが小さく返事をすると、親分は小判を手にとり、きっちり二十枚数えた。

「菱右衛門さん、この二十両はたしかにもらい受けた。残りは引っ込めておくんなさい。これでも韮崎宿じゃあちょいと名が知れてるんでね、こんなはした銭を受けとったなんて噂になっちゃあ、あっしの顔が立たねえ。でもご心配なく。残り三十両は、きっちりこいつから頂戴しやすから」

と、親分がおれを顎でしゃくった。二人の兄貴分が、おれの両腕を抱え、庭へ引きずり出した。残りの子分衆もぞろぞろと後に続く。弟がうろたえる。

「あの、いったい……」

「こっから先は、堅気の衆には関わりのねえことだ。黙って見てておくんなさい」

兄貴分が右手を左手に打ちつけて、拳の具合をたしかめた。もう一人の兄貴は右肩をぶんぶん回している。

「さあて浅、行くぜ」

瞬きする間もなく、左頬に拳が飛んだ。地面にころがったおれを仲間が起こし、すぐさま次の拳が腹に入る。あとは寄ってたかって、ただひたすら殴られ、蹴られ、叩きのめされた。

「や、やめてください、お願いです！　やめさせてください！」

からだを起こすこともできなくなって、地面に這いつくばったところを、四方八方から足蹴にされた。

「あんちゃん！　あんちゃん！」

目を開けると、弟の泣き顔が見えた。なんてみっともねえ顔だ。いい歳こいて人前で大泣きしやがって。あの顔は子供んときと、ちっとも変わっちゃいねえ。

「おらおら、亀みてえに首をすっこめてろよ！」

兄貴分の声が飛んだ。頭を抱えたおれの腕に、ぽたりぽたりと何かが落ちる。かんかんに晴れてる空から、水が落ちてくる。首を捻ると、ぼろぼろと涙をこぼす舎弟仲間の顔が見えた。ふたりの兄貴分も、歯を食いしばって涙を堪えている。渡世人はみんな、肉親の情に飢えている。こんなふうにあったかく迎えてくれる身内なぞ、誰も持っちゃいないからこそ身に沁みる。

おれもとうに気づいてた。本気で殴られたのは、最初の五、六発だけ。あとはみんな手加減されていた。そうでなけりゃ、とうにあの世に逝ってるか、よくても一生、手足のどこかが動かなくなってたろう。

「あんちゃん、あんちゃん」

弟の声はやまない。みんなが、親分が、情をかけてくれたのは、おれのためじゃねえ。みんなあの、馬鹿な弟のためだ。

子供の頃からわかってた。

愚図で鈍でお人好しのこいつにだけは、どうしてもかなわねえんだ。

「こりゃまた、結構やられたな。だが、これでわしとお揃いだ。怪我人同士仲良くしよう」

翌日、村に戻ったおれを見て、師匠は嬉しそうにそう言った。

その日から連日、蓑助と師匠と額を突き合わせ、村のことを話し合った。

「思うんだが、米だけに頼ってるのが、いけねえんじゃねえか」

この辺りは甲州では珍しく、米所として名高い。だがその分、ひと度凶作となると痛手も大きかった。

「だが先の郡内《ぐんない》騒動は、米の採れぬ山間《やまあい》の村から起こったときくぞ。凶作になると米の値がぐんと上がる。その高い米が買えなくて、飢えた百姓が立ち上がったそうだ」

甲州都留《つる》郡の辺りを、郡内と呼ぶ。天保七年八月、ここから起きた打壊しは、郡内騒動と呼ばれる大暴動となった。甲府勤番では歯が立たず、隣の諏訪高島藩から加勢を受けて鎮圧に漕ぎつけた。甲府はもちろん、おれのいた韮崎宿もえらい騒ぎだった。

「それでも米とは別の、何か金になるものを作ったほうがいいと思うんだ」

「天明の頃だけど、どこやらのお代官は、飢饉に強いジャガ芋を作るようあちこちで触れまわったそうだ」

「そうだな、それもやっておいた方がいいな。だがそれは凶作んときに飢えねえようにするためだろ。おれはもっと、村が豊かになるようなものをやってみてえんだ」

「だが、何をやるにせよ、金がなくてはな」

いつもそこで、話が止まっちまった。そんなある日、弟が言い出した。

「江戸におれたちの婆様がいるだろ。婆様に借りるのはどうだろう」

蓑助は、お吟と一等仲の良かった婆さんから、消息をきいたのだ。お吟は村を出てからも、その幼馴染のところにだけは、何年も便りを寄越していたという。

「それも何十年も前に途絶えちまったけど、最後の便りじゃあ結構な料理屋の女将になって、大層な暮らしぶりだとあった」

「そいつはこれじゃねえのか」

眉に唾をつける。

「浅草にある料理屋の所在も記してあったから、満更嘘じゃねえと思うけどな」

「おお、そうだ。良いことを思いついた」

ぽん、とおっさんが手を打った。それだけでおれは、嫌な寒気《さむけ》に襲われた。

「おまえ、おれと一緒に旅に出ぬか。足がこんなだから、どうも心細くてな。道連れがおれば心強い」

「どこがいい話だ。だいたい、いまの話とどう繋がるんだ」

「大繋がりだ、わしの行き先は江戸だからな」

「先生、あんちゃんを江戸まで連れて行ってくれるのか！」

「おお、そうよ。おまけにな、旅先で色んな町や村を通るから、様々なものを見聞きできる。村のために何をすべきか、答えが見つかるに違いない」

「そりゃあ、一石二鳥というものだ。先生、不束者《ふつつかもの》の兄ですが、どうぞお伴に連れて行ってくだせえ」

「てめえら、当人抜きで勝手に話を進めんじゃねえ。おれは婆あに会うなぞご免だぜ。あいつのおかげで、おれがどんなに迷惑したかわかってんだろ」

「あんちゃん、やっぱり、親父様や婆様を許しちゃくれねえのか。やっぱりいまも根に持ってんのか」

「別にそういうわけじゃねえや。気にいらねえ奴に会いたかねえだけ……って、なんでおめえがべそべそ泣くんだ」

「だって、だってよ、あんちゃんが可哀相で……。婆様も親父様もみんな不憫で……」

これじゃあ、泣き落としだ。

「とりあえず訪ねてみても良いのではないか。向こうも孫の顔は見たかろう」

「そうだよ、婆様もきっと喜んでくれる。おれも婆様が息災なら安心できる。あんちゃん、頼むよ、後生だから先生と一緒に江戸へ行って、婆様のようすを見てきてくれ」

蓑助がこう言い出したら、もう駄目だ。まるで穴にちょうどはまった関取の尻みたく、押しても引いても動かない。能天気なおっさんの加勢もついちゃ、益々分が悪い。

「わかったよ。いまのところその婆あしか、金の伝手がないことだしな。行ってやるよ」

そろそろ入梅という五月半ば、おれと師匠は旅に出た。

師匠は甲斐と武蔵の算術家や教え子をまわりながら、三月ほどで江戸へ戻る見当でいたが、おれのせいで寄り道が増えて、半年以上もの長旅になった。

相模国へ足を延ばしたときに、二宮金次郎《にのみやきんじろう》という名を初めてきいた。その偉い人の教えは、報徳仕法《ほうとくしほう》というそうだ。地道に田畑に精を出し、実りは皆で分け合い、豊作の年も奢らず蓄えを増やし、凶作に備える。その人のいた村では、先の飢饉でも誰一人飢え死にが出なかったという。

立派な考えだと思った。なのに、どこかもう一つ、しっくり来なかった。

「村のもんはみんな、疲れきってる。そこへまた、いまより倹約しろだの、もっと真面目にやれだの説かれたら、萎えちまうように思うんだ。報徳仕法が正しいことはわかっちゃいるが、並の百姓にはそれだけじゃ辛い。もっと、なんていうか、皆の気持ちがはずむような、そんなことを始めてみてえんだ」

おれは師匠に、そう述べた。

その何かを探し歩き、秋になってようやく見つけることができた。

葡萄だった。

村で甘いものと言えば、干し柿や木の実くらいしかない。米を作っている百姓が稗《ひえ》や粟《あわ》しか食えないように、葡萄を作っても存分に口にできるわけもないが、気持ちの張りにはなるだろう。なにより葡萄なら、江戸で高値で売れる筈だ。

最初に見つけたのも、甲州から江戸へ運ばれる葡萄だった。武州でのことだ。そこからわざわざ甲府まで戻るはめになったが、その甲斐はあった。

甲州葡萄は古くから作られていたが、場所はごく限られていた。だが甲府近在の村々で、つい先年、栽培や売り捌きができるようになった。甲府でできるなら、臼木村でもきっとできる。葡萄なら村のはずみになるだろうと、蓑助も手紙にそう書いて寄越した。

だがそこから先は、思うように捗《はかど》らなかった。値が下がることを危ぶんで、どこの村も他所へは苗を分けたがらない。今ではほとんど行き来もしていないが、桝井の家の遠い縁者に辿り着いたのは幸いだった。何日も粘り、ようやく苗分けと育て方の伝授を承知させた。

むろん、大枚の金と引替えにだ。さらに代官所へも、金が要ると知れた。葡萄の作付けも売り捌きも、御上の許しなく行えないのだ。

金を工面しなけりゃ、何も始まらなかった。

「それじゃあおまえは、そのためにあたしの金を当てにしていたのかい」

おれはお吟に頷いた。

「おれの見積もりじゃあ、ざっと百両だ」

苗の礼金、代官所への冥加金《みょうがきん》に加え、各家に行き渡らせ、売りものになるまでの歳月を考えると、どうしてもそのくらいの金高になった。

「江戸に辿り着いて、あんたが昔、幼馴染に知らせた料理屋を訪ねたが無駄足だった。それからここを探し当てるまで、三月以上もかかっちまった」

「もう三十年……いや、三十五年は経つかね。何遍も火事もあったし、あの辺もすっかり変わっちまっただろうさ。思えばあの頃が、いちばん羽振りのよかったときさね」

「あんたが金貸しだと知ったとき、金を借りられるかもしれねえと望みを持った。けど正直なとこ、何百両も持ってるようにも見えなかった。おまけにあんたは近所でも評判の因業婆だ。おれがのこのこ出て行って、素直に貸してくれるとも思えなかった」

「まあたしかに、おまえが来るまでは、有り金かき集めても十両そこそこだったがね。それでも随分増えたほうさ。最初は三両から始めたんだ」

　ぼんやりと昔をさ迷っていたお吟が、切なそうにおれを見た。

「おまえが本当のことを隠してたのは、金のためかい。それとも、あたしへの腹いせかい」

「……初めはおれも、そう思ってた」

「だから浅吉なんて、嘘の名前を言ったんだろ」

「この名は、満更嘘でもねえんだ。親父に勘当されたとき、吉郎太の名もとり上げられた。吉郎太は、桝井の長男の名だからな。しばらく名なしになっちまったが、韮崎の親分に拾われたとき、兄貴分が浅吉とつけてくれた」

　おれが村へ帰ると真っ先に、弟は吉郎太の名をおれに戻した。ずっと浅吉のままでいたのは、面映《おもはゆ》かったわけじゃねえ。師匠にはおれの気持ちが見えていたんだろう。

「吉郎太、酒持って来い！」

　と、酔っ払う度に怒鳴ったのは、逃げ腰のおれの背を、精一杯押そうとする心算があったんだろう。そいつを勘左が覚えちまったんだ。

「おれはたぶん、あんたに拒まれるのが恐かったんだ」

　何度か打ち明けようとしたことがあった。けれどそのたびに、からだが冷えた。指の先がすうっと冷たくなって、胃の腑が煮凝《にこご》ったように重くなった。

「あんたは呑むたんびに、最初の旦那と姑の、おれの爺さんと曾婆さんを罵ってたって、そうきいた。だから、言えなかった」

松風の仲居頭からきいた話だった。

「……そう……だったのかい……」

言ったきり、お吟は長いことおし黙った。沈黙が恐かった。胸の底に沈めた筈のものが、ゆっくりと頭をもたげてくる。親父に憎まれ続けた、小さな吉郎太だ。

「あれは……憎んでたんじゃない、惜しんでたんだ。こんな筈じゃなかったと、どこで掛け違ったんだろうって考えたら、いつもそこに行き着いちまった。一人暮らしなら、慣れもするさ。だけどこのまま死んでも、誰も泣いちゃくれないんだと思ったら、やりきれなくなっちまってね」

苦いものを噛みながら、無理に笑っているようなその顔は、見覚えがある。

「だがね、おまえが来てからこっち、悪くないと思うようになっていた。おまえと憎まれ口を叩き合って、お照だのあの子供らだの、急に客が増えてさ、ほんとにこの一年半は悪くなかった。孫だと知らなかったのは、ちょっと勿体なかったね。孫と過ごせるなんて、この先できないことだからね」

このお吟の顔は……。

おれに似てる。初めてそう思った。

浮かび上がってきた子供のおれが、霞のように消えて行った。

「婆ちゃん、おれと一緒に、村へ帰ろう」

お吟が俄かにうろたえた。筋張った両手を、口に押し当てる。

「おれの怪我が治ったら、一緒に臼木村へ帰っておれたちと暮らそう」

「今更、どの面さげて帰れるもんかね」

その声は、ひび割れていた。

「昔のことなんざ、もう知ってる者はほとんどいねえ。いたとしても後ろ指なんて差させねえ。弟はおれの隣に婆様の部屋を整えて、おれたちの帰りをいまかいまかと待ってんだ。ほんとだぜ」

と、ひと月ほど前に、橋場の寮に届いた文をさし出した。気の利いた台詞一つもない、だからこそ真心だけが真っ直ぐに胸を打つ、弟の手紙だった。

半分も読み進まぬうちに、お吟が喘《あえ》ぐように呟いた。

「もう二度と帰れないと思ってた……けど、忘れたことなんてなかった。村の景色も、吉郎太の顔も……いつだって……」

お吟が前のめりに畳につっ伏した。

「わかってるさ、婆ちゃん。ちゃんとわかってるから」

丸まった小さな背を、そっと撫でた。羽虫のように震えるからだから、呻くようなむせび泣きがもれた。


隅田堤にまた、桃色の霞がかかる頃、師匠が三軒町を訪れた。おれの怪我が治る頃合を見計らい、江戸に戻ってきてくれたのだ。

出立の仕度に追われていたある日のこと、お照がいきなり言い出した。

「あたし、浅吉さんのことは諦めることにした」

本当は、押しかけ女房に来るつもりだった、と小さく笑う。江戸追放を受けた咎人の嫁じゃあ難儀だろうと、苦笑いしたおれに、お照は言った。

「浅吉さんが在所に帰るってきいたとき、あたし、一度だけ思っちまったの。——おっかさんさえ居なければって」

それがとても恐かった、とお照は目を伏せた。島田に結ったお照は、もうどっから見ても一人前の娘で、おれには勿体ねえと思えるほどにきれいだった。

師匠は不甲斐ない弟子を、いつもの調子で笑い飛ばした。

「がっはっは、だらしのない奴だ。結局、三人ともにふられてしまったではないか」

「三人？」

「お妙と、お照、それにお吟だ」

「違えねえ」

　お吟は江戸に残った。

「甲州まで旅をしろだなんて、年寄を殺す気かい。だいたい、田舎に引っ込むなんて御免だね。あたしゃ産湯は逃しても、死に水だけは水道の水を使うつもりなんだ」

『水道の水で産湯を使い』と、江戸っ子はよく口にする。

深川には上水なんぞねえってのに、まったく最後まで素直じゃねえ婆さんだ。

　お吟はおれが広げた商売を、仕舞いまで面倒を見るつもりでいるのだ。おれの後は、勝平とテンが助《す》けてくれるだろう。方々に詫び料を配ったために、勝平らは大枚の借金を負った。返済には稲荷商いだけでは埒が明かぬ、と相談に来た勝平に、足が利かない半年のあいだ、おれの代わりを務めさせた。

　烏金は、人の命を繋ぐ金だ。

　お吟が毎朝渡す銭で、食い繋いでいる者が大勢いる。

　おれの懐には、お吟がくれた五十両がある。お吟は当座凌ぎの十両ばかりを残し、この半年で増えた分も含め、そっくりおれに持たせて寄越した。この後も儲けた分から少しずつ、村に送ってくれるだろう。

「そうがっかりするな。おまえの嫁は、菱右衛門殿が選んであるそうだ」

「勘弁してくれよ。あいつとは女の好みも合わねんだ」

師匠と軽口を叩きながら、内藤新宿にさし掛かったときだった。

一軒の宿の軒先に、二羽の鳥がとまってた。その片方の、足のつけ根が禿げている。

「勘左！」

腰が抜けそうになった。

今朝早く下屋敷の欅に出向いて、別れを告げてきたばかりだった。もうすぐ子育ての時期だ。それをうっちゃってついてくるとは、夢にも思っていなかった。

「鳥は番《つがい》になると、一生添い遂げるそうだ。それだけ情に厚いということだろう」

鳥は受けた恩を決して忘れねえ。

大きく一度右腕を振ると、二羽が一緒に舞い上がった。

勘左が羽ばたいた空は、抜けるように青かった。

勘左のひとり言

臼木村に移ってから、おれの塒《ねぐら》は庭の柿の木になった。

山の中の静かな村だ。江戸《まち》育ちのかみさんには、ちょいと寂しく思えるらしく、越してきた頃は心細そうにしていたけれど、いまではすっかり慣れたようすだ。

何よりこの柿の木には、毎日人が通ってくるもんで案外騒々しい。

朝いちばんにやってくるのは、この家のちびだ。生まれて三年も経つのに、烏と違って育ちが遅い。まだ、からだより頭が大きいような、ほんの子供だ。

「勘左ぁ、朝飯だぁ！」

野菜屑やら木の実やらを握りしめた、小さな両手をふり上げる。

裏山に入れば餌はいくらでもある。要らぬ節介ではあるのだが、相手は子供だ。大人としては、つきあってやらねばならない。

「いくよー、勘左」

おれ目がけて、南瓜《かぼちゃ》の切れ端を放り投げた。力いっぱいのつもりでも、ちっとも勢いがない。おまけにとんでもない方角に向かうものだから、受け止めるのは至難《しなん》の業《わざ》だ。だが、ここでしくじってはおれの名がすたる。それこそ矢のようにまっすぐとびついて、どうにか地面に落ちる前に、くちばしに挟んだ。

ほっとして枝に戻った途端、すぐに次の餌が投げられる。子供の手が空《から》になる頃には、翼を持ち上げるのも億劫《おっくう》なほど、くたくたになっていた。

毎朝こんな羽目になっているのも、あのおっさんのせいだ。浅吉と一緒に江戸から旅をしてきて、この家には幾日か厄介になり、またいなくなった。

「どうだ、すごいだろう。勘左はこうやっておれに餌を与えられて、大きくなったんだぞ」

出立《しゅったつ》前に、たっぷりと大ぼらを吹いていきやがった。おかげでこっちは大迷惑だ。

「勘左、うまいね、上手だね!」

ようやく空になった小さな両手を、ぱちぱちと叩く。口の中いっぱいに溜めた餌を、ひとまず枝葉のあいだに押し込んで、下に向かって声をかけた。

「吉郎太、うまい、吉郎太」

おれを見上げているちびが、顔いっぱいの笑みになる。

浅吉と違って、小さな吉郎太は、おれにそう呼ばれるのが大好きだ。

こいつが喜んでくれるなら、毎朝の骨折りも無駄ではないと、そんな気になってくる。

昼を過ぎると、今度は小さな吉郎太の親父さんがやってくる。

蕗《ふき》の葉に載せた見事な川魚を、大事そうに柿の木の根元に置き、いつものように手を合わせた。

「お烏さま、お達者そうで何よりです。お烏さまのおかげで、村の者たちは今日もつつがなく過ごしております」

どういうわけかこの人は、毎日、有難そうにおれを拝む。尻がむずむずしてかなわねえから、おれには神通力《じんつうりき》なぞないと、口をすっぱくして説いているのだが、ちっとも伝わらない。けれどたぶん、これもあのおっさんが、余計な入れ知恵をしていったせいだ。

「なにせ、浅吉の命を救った烏だ。熊野大社に祀られている、八咫烏《やたがらす》の化身に違いないぞ」

おれにはさっぱりわけがわからないけれど、この家の主は、せっせとおれを拝みにきては、頼み事だか愚痴だかを長々とこぼしてゆく。せっかくの魚が腐っちまわないかと、そればかり気にしながら、ひとまず耳を傾ける。

「まだまだ暮らしは厳しいけれど、山や川の恵みのおかげで、ひもじい思いもせぬようになりました。今年はようやく、まともな量の籾《もみ》を蒔くことができたし、いまのところ苗も育ちが良いようで、秋になればきっと、もとのような実りが得られると……」

　背中に当たる日差しは、ぽかぽかと暖かくて、穏やかな声は子守唄みたいだ。いい加減のところにくると、うつらうつらと眠くなる。

「あとの心配は、あんちゃんの嫁取りだけで。村いちばんの別嬪《べっぴん》や、働きものと評判の娘を、引き合わせてみたけれど気に入らなくて、ほとほと難儀しています。でな、お烏さま、山向こうの村に、……な娘がいるときいて、連れてきてみようかと思ってるんだが。どんなもんだろうか、お烏さま」

　肝心のところをきいちゃいなかったし、どのみちおれがわかる人の言葉は、ごく限られている。それでも親父さんの丸い顔は、じいっとこちらを見上げている。仕方なく、カアと相槌を打ってやった。

「そうか、やっぱりお烏さまも、そう思ってくださるか。ものは試しというし、早速、山向こうの村に人を送って……いやいや、他ならぬあんちゃんのためだ。ここは庄屋自ら足を運んで、話をつけに行かねばな」

　丸いからだが弾むように遠ざかると、どことなく張りが失《う》せて見える川魚の許へと、まっ先に舞い降りた。

西の空が真っ赤に染まると、浅吉が仕事から帰ってくる。

「ただいま、勘左」

薪割りのための切株に腰を降ろし、汗を拭った。

「今日はかみさんがいねえようだな。大丈夫か？　まさか、愛想づかしを食らったんじゃなかろうな」

一日中どこかへ出歩いているのは、江戸にいた頃と同じだけれど、今度は銭勘定より力仕事が多いらしく、真っ黒に日に焼けて、足腰はいっそうたくましくなった。

「試しに五本だけ、分けてもらった葡萄の苗木を、植え終えたんだ。本当は、桜が咲くより前にやるものらしいけど、一年を無駄にするのも勿体《もったい》ねえからな。本腰を入れてかかるのは、一、二年先になる。一人前の実がなるまでには、さらに七、八年もかかるんだってよ」

その日の出来事や気がかりなんぞを、ぽつぽつと話すのは、昔から変わらない。

話の中身は、やっぱりおれにはわからねえけど、顔を見れば調子の良し悪しくらいは判じられる。とりあえず、何かやる気になっているようだ。

「いまはこっちで手一杯だっていうのに、蓑が嫁を取れとうるさくってよ。ずっと断り続けていたんだが……山向こうの村に、お妙によく似た娘がいるってんだ」

困った顔で、おれを見上げた。

「人の話だから当てにはならないけど、蓑は大乗り気でな。どうしたもんかな、勘左」

お妙という名は、飽きるほどきいている。たぶん色恋の話なんだろうと、それだけは見当がついた。

「もしも本当にお妙に似ていて、それでおれが気に入ったとしても、相手の娘に悪いと思わねえか？」

仔細はわからぬが、よほど迷っているようだ。腕を組んだり頭をかいたり、滅法落ち着きがない。

傍にいるとうるさいだけだが、こういう時だけは、おっさんがいてくれればいいなと思う。おっさんならきっと、こいつのどんな悩み事も、がっはがっはと笑いとばしてくれる。

いっそあの親父に、文でも書いてみたらどうだ？

そのつもりで、柿の葉を一枚、落としてやった。浅吉はしばらく葉っぱをながめていたが、ふいと顔を上げた。

「あれこれ考えても仕方がねえな。気散《きさん》じにひとつ、江戸の婆ちゃんに便りでも書いてやっか」

どうも違うような気もするが、浅吉の顔が明るくなったから、よしとしよう。互いの言い分がわからなくとも、気持ちだけは伝わるもんだ。色恋や嫁取りの話なら、ひとつだけ口添えをしたかったんだが、おれは「おやすみ」とだけ鳴いた。

浅吉の背中を見送ると、すぐにかみさんが帰ってきた。

「あんた、裏山の林の中に、子育てに打ってつけの木があったんだよ」

おれの顔を見るなり、勢い込んで話し出す。

「去年よりだいぶ遅くなっちまったけれど、山は餌も豊かだし、いまからでもきっと間に合うよ。明日から早速、巣作りをはじめないと」

「また、急な話だな」

「どうせ日がな一日、この木の上でのんびりしているだけじゃないか。明日からはそんな暇などないからね」

かみさんにどやされながら、生返事を唸《うな》る。

嫁をとるなら、女房の尻にしかれる覚悟をしておけ。

さっき浅吉に伝えたかったのは、そのひと言だった。

解説

近藤《こんどう》史恵《ふみえ》（作家）

時代小説ブームらしい。

わたしの本は、ブームに乗っていると言えるほど売れているわけではないけれど、それでも少しは恩恵を受けていると思う。

今まで、時代小説の「じ」も言わなかった出版社の人から「時代小説を書いてもらえませんか」と言われるようになったし、たぶん、ブームでなかったらもっと売れてなかったに違いない。

一方で「ブーム」と言われると、ブーム以前から時代小説を愛する人間としてへそ曲がりな気持ちになる。歴史上の人物が好きな女性など、これまでたくさんいたはずなのに、「歴女」とか言われると、全部ひとくくりにされて小馬鹿にされているような気がしてならないのと同じだ。

それでも、多くの人たちが時代小説を楽しんでいるのは事実だろう。特に江戸時代を舞台にした小説は、他の時代を描いたものより圧倒的に多く、かつ売れていると思う。歴史で言えば、たった三百年なのに、ほかの時代の小説をすべて合わせても、江戸を舞台にした小説の数には届かないだろう。

書き手としてなら、その理由はわかる。江戸時代は史料がたくさん残っている。風俗や生活などもきちんと絵にして残してくれている人がいて、他の時代にくらべてかなり書きやすい。

だが、読者が江戸を舞台にした小説を好む理由とは？

人それぞれ、と言ってしまえばそこまでだが、わたしは江戸と現代の日本は似ていると思う。戦争は遠い昔のことで、平和な日々が続いている。次々と独自の、しかも大衆向けの文化が産み出されて、人々はそれに熱狂する。

江戸という町が、地方の農民たちの苦しみの上に成り立った徒花だったのと同じように、今の日本を含む先進国の繁栄は、搾取される後進国の上に成り立っている。

似ているということは、そこにわたしたちの持つ痛みや、苦しみを投影しやすいということだ。

だが、江戸の空はぽっかりと晴れている気がする。もちろん、見たことがあるはずはないのだけど。

後世の人々が、今の日本を想像するとき、そこに青空はあるのだろうか。

で、「烏金」である。

当時、担当だった女性編集者が興奮気味に、「とてもおもしろい時代小説があるので、読んでほしい」と電話してきたのが、二年と少し前だった。

オビに推薦文を書いてほしいと言われたので、「私なんかで大丈夫か」と思いつつ、引き受けて、送られてきたゲラを読み、あっという間に引き込まれた。

金貸しという仕事のリアリティも、江戸の町の空気も、そこで生きる人々の息づかいも感じられる。しかも、浅吉がどうやって、貧窮していたり、子供などの弱者である借り手に金を稼ぐ手段を見つけ出すか、という手段がめっぽうおもしろい。

なにより、その小説には疾走感のようなものがあった。比較的、時代小説では埋もれがちな、若さとか新鮮さが感じられた。

時代小説というジャンルは、比較的年輩の読者や作家が多いせいか、円熟や落ち着きのようなものが求められるジャンルである。

けれども、江戸の町にも若者はいた。江戸の狂歌などを読むと、なんだ結局若者って二、上げる。

三百年昔から、そう変わってないじゃない、と思うことも多い。

女の子にもてたいがために、時間をかけて歯磨きをして、髭を抜き、月代をきれいに剃り上げる。

女の子は女の子で、男の子を振り回し、年輩の人々が眉をひそめるような奇抜な着物を競って着る。

「寡黙で誠実な男性」と「控えめだが芯は強い女性」などという、ステロタイプな昔の日本人のイメージとは正反対の人たちがたくさんいたのだ。

「烏金」は時代小説でもあり、一方で瑞々しい青春小説でもあった。

最初の浅吉は、どこか鬱屈したものを抱えている。心の底に抱いた痛みを隠して、人助けすら、ただの金稼ぎと割り切る。

だが、彼の貸す金は、貧窮した者たちにとって、未来であり、差しのべられた手でもある。借り手たちが蘇生していく姿は、少しずつ浅吉を変えていく。

救うことによって、彼は救われているのだ。

たぶん、江戸でも現代でも、お金さえ充分にあれば生きていくのに困ることはない。欲しいものはなんでも手に入る。

それでも、そのお金をどう使うかによって、見える風景はまったく変わる。たくさん抱え込むのではなく、どう活かすかだ。

金さえあれば、生きていくことはできる。

だが、人間は社会的な生き物だ。周りの人たちとどうつながるかによって、人生も人間も変わっていく。変えられていく。金はその媒介に過ぎない。


思えば、カラスという鳥も群れで生きる鳥で、だからこそ、怪我をしたカラスを飼育すると驚くほど懐くのだ、と聞いた。

社会性というのは、言い換えれば血縁や配偶者以外への愛でもある。

そういう意味では、この「烏金」というタイトルはダブルミーニングにもなっている……などと考えるのは邪推が過ぎるだろうか。

まあ、そんなことは大したことではない。

この小説を読み終わった人たちの心には、江戸のぽっかり晴れた空が鮮やかに浮かんでいるだろうから。

参考文献

『江戸の札差』　北原進　吉川弘文館
『八百八町いきなやりくり』　北原進　教育出版
『武士の家計簿「加賀藩御算用者」の幕末維新』　磯田道史　新潮社　新潮新書
『実録事件史年表　江戸10万日全記録』　明田鉄男編著　雄山閣
『江戸のミリオンセラー「塵劫記」の魅力——吉田光由の発想』　佐藤健一　研成社
『日本人と数　和算を教え歩いた男』　佐藤健一　東洋書店
『日本人と数　続々・和算を教え歩いた男・完結編』　佐藤健一　東洋書店
『江戸あきない図譜』　高橋幹夫　青蛙房
『江戸・町づくし稿　下巻』　岸井良衞　青蛙房
『山梨県史　通史編第3　近世1』　山梨県編　山梨日日新聞社
『甲府市史　通史編第2巻近世』　甲府市史編さん委員会編　甲府市
『カラスの大研究』　国松俊英　PHP研究所
『ムハマド・ユヌス自伝』　ムハマド・ユヌス&アラン・ジョリ著　猪熊弘子訳　早川書房

本書の執筆にあたっては、立正大学名誉教授の北原進氏、江東区深川江戸資料館学芸員の久染健夫氏に多大なるご教示をいただきました。この場を借りて、お礼申し上げます。

二〇〇七年七月　光文社刊

光文社文庫

長編時代小説
烏《からす》 金《がね》
著 者 西《さい》 條《じよう》 奈《な》 加《か》

2009年12月20日 初版1刷発行
2024年7月10日 11刷発行

発行者 三 宅 貴 久
印 刷 堀 内 印 刷
製 本 ナショナル製本

発行所 株式会社 光 文 社
〒112-8011 東京都文京区音羽1-16-6
電話 (03)5395-8149 編 集 部
8116 書籍販売部
8125 制 作 部

ISBN978-4-334-74702-2 Printed in Japan

組版 堀内印刷

光文社時代小説文庫　好評既刊

幽霊のお宝　喜安幸夫
殺しは人助け　喜安幸夫
迷いの果て　喜安幸夫
近くの悪党　喜安幸夫
夢屋台なみだ通り　倉阪鬼一郎
幸福団子　倉阪鬼一郎
陽はまた昇る　倉阪鬼一郎
本所寿司人情　倉阪鬼一郎
晴や、開店　倉阪鬼一郎
ほっこり粥　倉阪鬼一郎
黄金観音　小杉健治
女衒の闇断ち　小杉健治
朋輩殺し　小杉健治
世継ぎの謀略　小杉健治
妖刀鬼斬り正宗　小杉健治
雷神の鉄槌　小杉健治
花魁心中　小杉健治

烈火の裁き　小杉健治
暗闇のふたり　小杉健治
同胞の契り　小杉健治
駆ける稲妻　小杉健治
欺きの訴　小杉健治
翻りの訴　小杉健治
情義の訴　小杉健治
其角忠臣蔵　小杉健治
五戒の櫻　小杉健治
暁の雹　小杉健治
角なき蝸牛　小杉健治
御館の幻影　近衛龍春
にわか大根　近藤史恵
ほおずき地獄　近藤史恵
寒椿ゆれる　近藤史恵
烏金　西條奈加
はむ・はたる　西條奈加

光文社時代小説文庫　好評既刊

光文社時代小説文庫　好評既刊

初心　坂岡　真
鬼役外伝　坂岡　真
番士鬼役伝　坂岡　真
師匠　坂岡　真
入婿　坂岡　真
従者　坂岡　真
武神　坂岡　真
ひなげし雨竜剣　坂岡　真
秘剣横雲　坂岡　真
刺客潮まねき　坂岡　真
奥義花影　坂岡　真
泣く女　坂岡　真
一分　坂岡　真
織田一　佐々木功
与楽の飯　澤田瞳子
花籠の櫛　澤田ふじ子
短夜の髪　澤田ふじ子

翔べ、今弁慶！　篠綾子
城をとる話　司馬遼太郎
侍はこわい　司馬遼太郎
ぬり壁のむすめ　霜島けい
憑きものさがし　霜島けい
おもいで影法師　霜島けい
あやかし行灯　霜島けい
おとろし屏風　霜島けい
鬼灯ほろほろ　霜島けい
月の鉢　霜島けい
鬼の壺　霜島けい
生目の神さま　霜島けい
のっぺら　霜島けい
ひょうたん　霜島けい
とんちんかん　霜島けい
伝七捕物帳　新装版　陣出達朗
父子十手捕物日記　鈴木英治